毬子

吉屋信子

ゆまに書房

目次

毬子

挿絵　須藤しげる

毬子

異人館の子

東京市ケ谷《とうきょういちがや》の高台に、青いペンキ塗《ぬり》の小さい洋館が建っている。窓の鎧戸《よろいど》の白いペンキも建物全体の薄青いペンキも、風雨にさらされて、ところどころはげ落ちて、小さい門の柱には蔦《つた》がたくさん茂って、からんでいた。

その門柱には、片仮名《かたかな》でエルザと書いてある。この家《うち》の御《ご》主人の名であろう。近所の八百屋やお魚屋や肉屋さんの御用聞《ごようきき》の小僧さん達《たち》は、この家《うち》を『異人館《いじんかん》』と言っている。異人館《いじんかん》、面白い名だ――これは昔日本でまだ外国人が珍しい頃《ころ》、金髪の異国人を『異人さん』と呼んだ習慣で、この家《うち》を異人の棲《す》む家《うち》とて『異人館《いじんかん》』など風流に呼ぶのだろう。

その異人館《いじんかん》の御《ご》主人は、エルザという仏蘭西《フランス》の女のひとで、二人の日本の少女と、寂《さび》しく棲《す》んでいるのだった。

この子たちを近所の家《うち》の子たちは『異人館《いじんかん》の子』と呼んでいた。この異人館《いじんかん》の子は、近所の子とは友だちではなかった。二人とも、いつも異人館《いじんかん》の中にばかり閉じこもっていたし、どこかへ出かける時《とき》は、いつでも金髪のエルザさんに連れられて行《ゆ》くのだった。

昨夜《ゆうべ》はクリスマスだった。青いペンキ塗《ぬり》の、その異人館《いじんかん》にも、いつもより明るく、たくさん灯《ひ》がともされて、窓から、美しく飾られたクリスマス・ツリーが見えたりした。

エルザさんの鳴らすらしい、ピアノの音《ね》につれて、二人の女の子の歌う声がひびいた。

香麗《かぐわ》しき百合《ゆり》の花より清けきは、み母《はは》
『マリア』の心なりけり

世を救う耶蘇《きみ》を生み給《たま》いし聖母《みはは》マリアを
たたえまつれよ、もろびとこぞりて――

だのと、讃美歌らしいものが聞《きこ》えた。

この讃美歌は、どうも普通の教会で歌う、クリスマスの歌と違うらしい。それは、エルザさんが、仏蘭西《フランス》のカソリック教徒で、マリア様の信者だから、同じ基督教《きりすときょう》でも少し違うのだった。

いつも、クリスマスには、二人の女の子は、新しい服と着物を着せられた。

大きい方《ほう》の女の子の、お琴《こと》は、もう十五だから、これは銘仙《めいせん》の新しい着物と羽織《はおり》と、友禅《ゆうぜん》の帯をエ

ルザさんから戴《いただ》いた。

小さい方《ほう》の子、毬子《まりこ》は十三だった、この子は、新しいお洋服と黒革の靴《くつ》を戴《いただ》いた。その新しい服は純黒《じゅんこく》の天鵞絨《ビロード》で、襟《えり》に大きく折り返しとレースが付いていて、とても素敵《すてき》だった。

エルザさんは、毬子に、その上品なお嬢《じょう》さん風《ふう》の服がよく似合うので、大喜びだった。

『毬ちゃん、貴女《あなた》まるで、エルザさまの、ほんとの子みたいよ、綺麗《きれい》で。』

お琴が、毬子の美しい姿をしみじみ見て言うのだった。

『違うわ、だって、私日本人《わたしにっぽんじん》よ、お父さんもお母さんも日本人だったのよ、それだけは、わたしも覚えてるのよ。』

毬子は、くりくりした眼《め》を向けて言った。

『エルザさまだって、半分日本人よ、お母さんは日本の女のひとだったのよ、お父さんだけフランス人だったけれど——だから、あいのこなのよ。』

お琴が、大人びたませた口調で教へるやうに言うと、毬子はそれを少しとがめるように、

『あいのこなんて、いやな言葉、私大嫌《だいきら》ひよ、エルザさまは、あいのこじゃないのよ、マリア様のような方《かた》なのよ、ね。』

『ハハハハ、マリア様なんて、昔々、その大昔、西洋にいた人かも知《し》れないけれど、そんな神様を生んだお母さんが、そう日本にもいる筈《はず》ないわよ、エルザさまは、やっぱりあいのこよ！』

お琴は笑った。

『そんな事《こと》言えば失礼よ！』

毬子が睨《にら》んだ。

『ハハハハ、かんべんかんべん、もう言わないわ。』

お琴も、素直《すなお》にあやまった。

『もう、きっと言わない！』

『うん、言わない、指きりしてもいいわよ。』

二人の女の子は、指をからめて、もう御《ご》主人のエルザさんを『あいのこ』など言わぬ誓《ちかい》を立てた。

『さあ、毬ちゃん、指きりしたから、機嫌《きげん》なおして、ひとつ風車《かざぐるま》の歌でも歌ってよ、毎日讃美歌ば

かりじゃ、やり切れないもの。』
お琴が言うと、
『じゃあ、指きりのお礼に歌うわね。』
と、毬子が綺麗《きれい》な声で歌い出した。

涼《すず》かぜ風の子
ふいてます

おうちの赤屋根
すべります

お庭の桐《きり》の木
つたいます

みどりの窓かけ

ゆすります

こちらの窓から

おはいりよ

坊《ぼう》やの頬《ほっ》ぺた

きてなめろ――

『ハハハハ、坊やの頬《ほっ》ぺた、きてなめろ――おかしいね――だけど、今は冬だから、風に頬《ほっ》ぺたなめられたら、寒くなっちまうわ。』

お琴は寒そうに、わざと首を縮《ちぢ》めた。

この時《とき》、二人の女の子の話し合っている屋根裏の部屋の下の階段から、

『琴、台所《キュイジン》手伝っておくれ。』

と、お琴の母親のお才《さい》が大声で呼んだ。仏蘭西《フランス》語で、お台所をキュイジンと言うので、エルザさんの料理人《コック》を長く勤めている、お才も、こんな片言《かたこと》を日常使うのだった。

『はーい、母ちゃん、今行《ゆ》くよ。』

とお琴は答えた。

『私も食堂の御《ご》用意して置くわね。』

と、毬子も椅子《いす》を立った。

この二人の女の子は、毬子の部屋になっている、異人館《いじんかん》の屋根裏の小さい窓のお部屋で、今話し合っていたのだった。

そのお部屋は天井《てんじょう》の柱の見える三角型の屋根裏の下の空間《あきま》を利用したところで、でもお部屋の窓の下には、毬子の為《ため》にの小机や本棚があり、去年のクリスマスの贈物にエルザさんから戴《いただ》いた、羽子板《はごいた》や、昨日《きのう》戴《いただ》いた仏蘭西《フランス》人形も飾ってあり、マリアの絵像《えぞう》の小さい額《がく》も板壁に懸《か》けてあった。

冬の黄昏《たそがれ》の光が、小さい窓から、さして、まるで、童話の中のさしえのような、光景だった。

この屋根裏の小部屋で、この毬子という女の子は、世にも不思議な運命に育てられて来たのであった――

親なし小鳥

二人の女の子がエルザさまと呼んでいるこの館《やかた》の女主《おんなあるじ》は横浜《よこはま》で生まれた人だった。そのお父さんは仏蘭西《フランス》人で領事館のお勤めで日本に来られて、大変日本が好きになり、日本の女のひとと、結婚して、エルザさんが生まれた。そのお母さんは、エルザさんがまだ小さい時《とき》になくなってしまい、エルザさんは、その後ずうと、お父さんと二人きりで暮《くら》していたが、お父さんが、お役をやめてやがて東京の今の市ヶ谷にお家《うち》を建てて、日本に永住のつもりで移り棲《す》んだ、その時女中《ときじょちゅう》に雇《やと》われたのが、お才《さい》さんだった。お才さんは、やもめで一人娘のお琴《こと》を連れてお台所に棲《す》み込んだ。

お琴は、その時《とき》五つだった。深川《ふかがわ》の大工の娘で、大工のお父さんがなくなったので、お母さんのお才は、女中奉公《じょちゅうぼうこう》をと口を探して、親子一緒にいられるというのでこの異人館《いじんかん》に奉公《ほうこう》する事《こと》になり、そこで料理人《コック》のお手伝をしながら、洋食お料理の作り方《かた》を覚えていた。

お琴が、この異人館《いじんかん》へ始《はじ》めて母親と来た時《とき》は、五つだった。その時《とき》は御《ご》主人のお嬢《じょう》さんのエルザさんも、まだ若い二十ばかりの娘だった。

その翌年の夏、エルザさんは軽井沢《かるいざわ》のお友達の別荘へ招《まね》かれて滞在し、エルザさんのお父さんは、一寸日光《ちょっとにっこう》へ行《ゆ》かれたが、すぐ帰られて、九月一日の日は、東京のうちにおられた。

その九月一日の昼前、女中のお才は神田《かんだ》の市場まで買いものに出かけ、どこへでも、母ちゃんに、くっついて出たがる、おしゃまのお琴を連れて、まだ残暑の暑い中を買いものをすませて、神保町《じんぼうちょう》の通《とお》りを歩いて、電車に乗ろうとした刹那《せつな》、天地がゆらゆらと、大きく揺《ゆ》れ出して、歩いていた足が、大地の上で横に倒されるほどだった。

『地震！　地震！』

家《うち》がくずれ、電車が止《とま》り、人々の叫《さけび》、恐《おそれ》、ざわめき――ドドッ――と道も土も裂《さ》けるほどの、ゆれ方《かた》――お才はいきなり、六つのお琴を横抱きにして、人波に押されて、夢中で走った。

もう、その時《とき》は、倒れた家々《いえいえ》の軒下《のきした》から、赤い焔《ほのお》と烟《けむり》があがっていた。――かくて、地震と火事が共《とも》に、日本の帝都《ていと》に未曾有《みぞう》の歴史的の災害が起き出したのである。

どこをどう歩いたか、自分でもわからぬうちに、逃げる人々に押され押されて、お才はお琴と、いつの間《ま》にか、九段《くだん》の鳥居《とりい》下の広場に来てしまった。

そこは、もう避難《ひなん》した人々と荷物で、ぎっしり身動《みうごき》も出来ぬほどだった。

『市ヶ谷は大丈夫《だいじょうぶ》なんだろうかね、早く帰ってみたいけれど。』

お才は、市ヶ谷の異人館《いじんかん》さえ無事なら、帰れると思って、それのみ祈っていた。

『母ちゃん、早く異人館《いじんかん》へ帰ろうよ。』

恐《おそろ》しい光景と群衆から、早く去りたいと、六つの幼いお琴は、母の袂《たもと》に犇《ひし》と縋《すが》ってふるえた。

神田の街通《まちどおり》一帯は、もう火の海と化して、空には不可思議《ふかしぎ》な入道雲が白くむくむくと湧《わ》き上り、まるで地球の終《おわり》の日が来たのかと感じられた。

『南無阿弥陀仏《なむあみだぶつ》南無阿弥陀仏《なむあみだぶつ》』とお念仏を唱《とな》える老人の声が、逃げて来た人群《ひとむれ》の中から、悲しく聞《きこ》えたりした。

『琴、しっかり母ちゃんにつかまって来るんだよ。いいかい、はぐれちゃ大変だよ。』

と、お才は幼い我《わ》が娘《こ》に言い聞かして、九段の広場ぎっしりの人波の中を、苦心して、くぐり抜けて来る途中、その人ごみの中で、まるで風にもまれる雛鳥《ひなどり》のように、可愛《かわゆ》い四つ五つばかりの眉目美《みめうるわ》しい女の児《こ》が、花模様のメリンスの単衣《ひとえ》に淡紅色《ときいろ》のしごきを結び、手に一本の赤いセルロイドの風車《かざぐるま》を持って、

『お母さま！　お母さま！』

と、泣き叫《さけ》んで、うろうろしている、痛々しい姿が眼《め》に入った。だがこの騒《さわぎ》の中で誰もこの小さい児《こ》をかまってくれる人もなかった。

お琴が、この哀《あわれ》な女の児《こ》の姿を見ると、母の袖《そで》を引いて、

『あの児《こ》、一人ぼっちで泣いてるのよ、可哀相《かわいそう》だわ。』

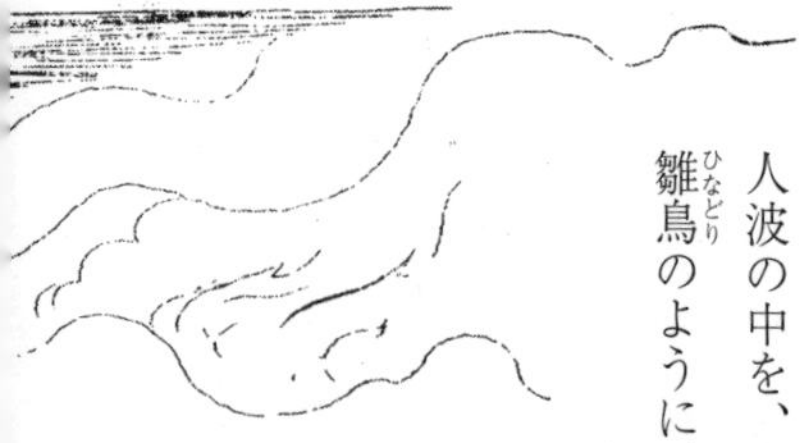

と、指《ゆび》さした。だが母のお才はそれどころじゃなかった。

『わき見なんかしないで、気をつけるんだよ。』

と、お琴の手をぎゅうと引張《ひっぱ》って、グングン人中《ひとなか》を押し分け、くぐり抜けようとした。

『だって、母ちゃん、あの児《こ》人に踏み潰《つぶ》されてよ、可哀相《かわいそう》だわ。』

お琴は、そのひとりぼっちで、赤い風車《かざぐるま》を持って母を呼ぶ女の児《こ》を、どうしても見すてて行《ゆ》かれなかった。

『あんた、どうしたの？　お母さんいなくなったの。』

お琴は、その女の児《こ》の傍《そば》へ寄ってたずねた。

『まだお家《うち》へ帰らないの、階下《した》の小母《おば》ちゃんも、いなくなったの――』

大きな美しいおめめに、涙をいっぱいためて、その児《こ》は言うのだった。

『あんたのお家《うち》、どこ？』

とお琴が問うと、

『あっち。』

と指《ゆび》さすところ――そこは九段の向こうの神田の街、もう一面火の海の波が打っているではないか。

お琴は子供心に胸がいっぱいになってしまった。そして、この児《こ》を、この大地震《おおじしん》と大火《たいか》の騒《さわぎ》の中で、いつまでも迷児《まいご》にして置いたら、それこそ、どうなるか知《し》れないと――六つの児《こ》ながら、お琴は、この恐《おそろ》しい光景の中で、この小さい綺麗《きれい》な女の児《こ》に、そのまま（さよなら）出来なくなった。

『ね、母ちゃん、この児《こ》助けてやってよ、そして、市ヶ谷へ一緒《いっしょ》に連れて行《ゆ》けばいいわ。』

お琴は母のお才に頼んだが、

『駄目《だめ》だよ、今は人様の児《こ》を助けるどころか、私たちがあぶないよ、早くどうにかして、異人館《いじんかん》へ帰らなければ、そこも焼けていたら、ああ、どうしようね、私たちは今日から宿なしなんだよ。』

と、青ざめて、大人の母親がふるえた。大人の心では、もうその日この日本《にっぽん》の大地が、皆《みな》どうかして、しまうのかとさえ思われたのに、幼い児《こ》たちの心は、かえって、そんな大人のような恐《おそれ》を知らず、落付《おちつ》いていたのであろう、お琴にとっては、地震の恐《おそろ》しさよりも、眼《め》の前のお人形のように、美しい迷児《まいご》の女の児《こ》が、いとしく哀《あわれ》でならなかった。

『あんた、私にはぐれないように、ついておいでよ、市ヶ谷の異人館《いじんかん》へ行《ゆ》くのよ。』

お琴は、こう言って、その女の児《こ》の手を強く握り締《し》めて、母にくっついて歩き出した。

幼い女の児《こ》は、がんぜないままに、お琴に手を引かれて、泣くのを止《や》めて歩き出した。

お琴がやっとの思《おもい》で、市ヶ谷へ帰ると、ああ幸い、四谷《よつや》方面も、その市ヶ谷も、まだ火の手は見えず、ただ地震で人々が荷を持って右に左に、戦争のように、うろたえ走り逃げ出していて、空地という空地は、その避難《ひなん》した人たちで満員だった。

『まあ、よかった、此処《ここ》まで来れば、もう安心――』

と、お才はほっと、ひと息して、火にも地震にも無事だった、青いペンキ塗《ぬり》の異人館《いじんかん》の門へ駈《か》け込むと、そこにワイシャツにズボンで洋杖《ステッキ》を持ったエルザさんのお父さんが立っていた。

『おお、お才さんも、琴も、ぶじで帰りましたね、神様のお守りです。』

と、言いながら、エルザさんのお父さんは、眼鏡《めがね》越しに、その時《とき》、お琴の手の引いている、見知

らぬ美しい女の児《こ》を見つけて、

『おお、このお児《こ》さんは、どこのお嬢《じょう》さんですか?』

と、お才にたずねた。

『えっ!』

と、お才が吃驚《びっくり》して見ると、いつの間《ま》にか、お琴は九段で泣いていた、よその女の児《こ》の手を引いて、

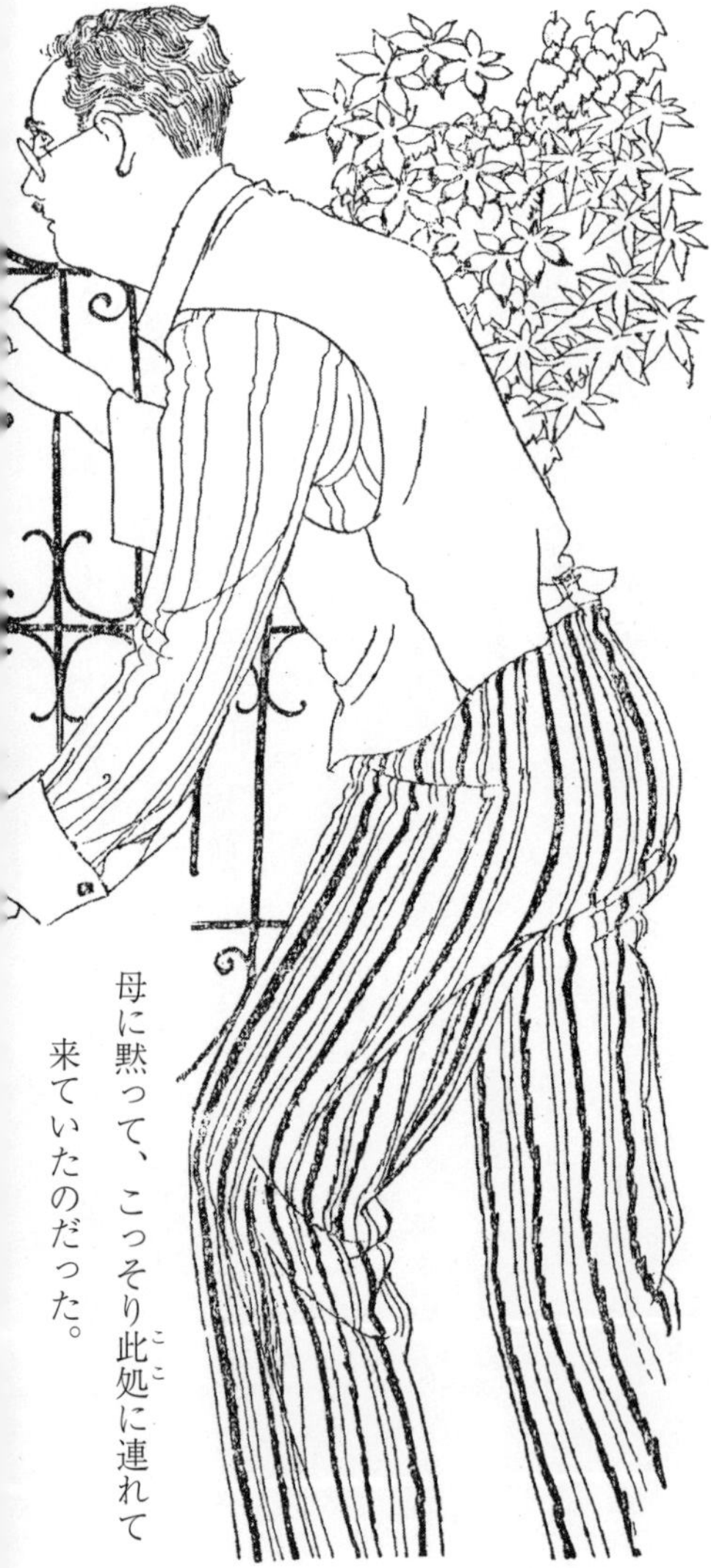

母に黙って、こっそり此処《ここ》に連れて来ていたのだった。

風《かざ》車《ぐるま》の歌

九段からお琴《こと》が母の許《ゆるし》も得ずに、小さい我《わ》が手に救って連れて来た、その女の児《こ》は、エルザさんのお父さんの同情で、ともかく暫《しばら》く異人《いじん》館《かん》に保護されていた。

エルザさんのお父さんは、この児《こ》の親を探してやろうと思われて、いろいろ質問された。

『お嬢《じょう》さん、貴女《あなた》のお名は？』

『毬子《まりこ》って言うの、お年齢《とし》はこれだけよ。』

と、片手をひろげて、親指を

折って、四つを示した。

『お父さんは?』

『いないの、お父さまは――よその遠いお国へいらしったの。』

と賢《かしこ》げに答える。

『お母さんは?』

『毬子とふたありで神田のおせんべい屋の小母《おば》さんのお二階にいたの――』

『地震の日に、お母さんはどうしてましたか?』

『朝、よそへ、おつかいにいらしったの、毬子、お留守番したの、そして階下《した》の小母《おば》ちゃんに連れられて、風車《かざぐるま》持って駈け出したの――、そして小母《おば》ちゃんも、途中でどっかいなくなったの。』

これだけの答より、その四つの幼児《おさなご》からは得られなかった。

エルザさんのお父さんは、神田方面の警察へ、四歳の女児、毬子というのを探す親があったら、市ケ谷の家《うち》へ報告して欲しいと願い出た。

だが、毬子を探す母親は、いつまで経《た》っても現れず、その代り、毬子とそのお母さんに二階を貸していたという、おせんべい屋の老人夫婦がわかった。

そのおせんべい屋さんに、半箇月《かげつ》前ほど美しい女の児《こ》を連れた上品な奥さんが二階を借りに来られたので、別段怪《あや》しい人柄でもなさそうなので、よく身許《みもと》も調べず、ともかくお貸しして、その奥さんは職業婦人として働く為《ため》に、その就職口を探して歩いておられたらしい、それで震災当日の朝も、その事《こと》で奥さんは、毬子を二階に残して出てゆかれた。

母の帰るのを待って、毬子は赤い風車《かざぐるま》を持って、階下《した》のおせんべい屋さんの店の前で遊んでいたところへ、あの大地震《おおじしん》、店番をしていたお婆さんも、飛び出し、毬子と逃げ出したが、お婆さんは、せめて、荷を一つでも二つでも持って逃げたくなって、又《また》店へ引き返したので、その間《ま》に毬子がはぐれて、迷児《まいご》になり人波に押されて九段《くだん》で『お母さま！』と帰らぬ母を呼んで泣いていたとわかった。

そこまでは——わかったが、さてその毬子のお母さんなるひとは、遂《つい》に幾日経《た》っても探し出せなかった。あの地震にどこかで出会い、火の中に捲《ま》き込まれたのか、又《また》は神田の貸《かし》二階に残して来た我《わ》が子の上を気づかって、半狂乱《きょうらん》で駈《か》け戻った時《とき》は、すでにそのおせんべい屋は火の中に燃えていたのに『毬子！　毬子！』と、いとしい子の名を呼んで、母の愛ゆえに焔《ほのお》の中に飛び込んで、我《わ》が子の姿を探し求めつつ、とうとう火の中に倒れて失《う》せたか——この悲しい痛ましい想像をするより仕方《しかた》がなかった。

階下《した》のお婆さんの話では、その奥さんは『藤堂《とうどう》さん』という苗字《みょうじ》だったと言うのみ、いずこのどういう戸籍に属するか、もう調べる手がかりもなかった。

そのおせんべい屋さんも、震災に会って、こりごりして、息子のいる前橋《まえばし》へ行ってしまった。

そうなると、もう寄辺《よるべ》ない、この震災の生んだ迷児《まいご》は孤児院《こじいん》にでもやるより外《ほか》、方法はなかった。

だが、お琴はこの毬子を憐《あわれ》んで、妹のように毎日遊んでやっていた。

毬子は自分の世にも哀《かな》しい運命も知らぬげに、あの日たった一つ大事に手離《てばな》さず持って逃げた、赤いセルロイドの風車《かざぐるま》を持って、よくこの歌を歌った。

涼《すず》かぜ風の子
ふいてます

おうちの赤屋根
すべります

お庭の桐《きり》の木
つたいます

と、可愛《かわゆ》い声で歌うのだった。

『その歌、どこで覚えたの？　幼稚園で――』

お琴が聞くと、

『毬子、まだ幼稚園へゆかないの、この歌、お母さまに教えて戴《いただ》いたのよ。』

と毬子は答えた。

震災の日から、ずいぶん経ってから、軽井沢《かるいざわ》から、エルザさんが、やっとのことで、運転が回復した汽車《きしゃ》に乗って帰京《ききょう》された。

そして、我《わ》が家《や》と共《とも》にお父さんも料理人《コック》も女中のお才もその娘のお琴も無事なのを涙ぐんで喜ばれたが、それと共《とも》に、毬子という女の児《こ》が、その時《とき》親を失い、救われているのを聞かされて、毬子を見ると、そのいたいけないいじらしい孤児《こじ》の姿に、優しく胸を打たれて、

『おお、こんな可哀相《かわいそう》な児《こ》を、孤児院《こじいん》にやるの、可哀相《かわいそう》！　わたし達《たち》で大きくなるまで、育ててやりましょう、きっとマリア様の思召《おぼしめし》で、この児《こ》を震災記念として、私どものところへ育てさせにお送りになったのでしょう……』

と言って、孤児院《こじいん》にやるのを反対された。このエルザさんの情《なさけ》で、毬子はこの家《うち》に育《はぐく》まれる事《こと》になった。

その後《ご》、エルザさんのお父《とう》さんが御病《ご》気でおなくなりになった後《のち》は、エルザさんは、今までの生活を小さくする為《ため》に、料理人《コック》に暇《ひま》を出し、女中のお才が料理人《コック》をし、娘のお琴がそれを手伝い、毬子はエルザさんに教育されつつ、その小さき侍女《じじょ》の如《ごと》く働くのだった。

こうして、月日が経《た》ち、異人館《いじんかん》の青いペンキも雨風《あめかぜ》ではげかかったが、無事に毬子は十三、お琴は十五で、又《また》今年のクリスマスを迎え、明《あ》くれば、十四歳と十六歳の少女の春を数えるのだった。

——以上、これまでが、何故《なぜ》毬子がこの異人館《いじんかん》に養われているかの——あらましの過去の道筋である。さて、これから毬子のその生活の、ものがたりへと進もう……。

その年《とし》始《はじめ》

お正月は、異人館《いじんかん》はひっそりしていた。

クリスマスには、綺麗《きれい》なクリスマス・ツリーが飾られたり、七面鳥の御馳走《ごちそう》が出たり、夜遅くまでエルザさんのピアノで毬子《まりこ》とお琴《こと》はマリア様の讃《たた》えの歌をうたって、賑《にぎ》やかだし、何より嬉《うれ》しいクリスマスの贈物を戴《いただ》くし、いろいろ嬉《うれ》しいことばかりだった。

でも、その後《あと》のお正月になると、異人館《いじんかん》には松飾《まつかざり》も立てられず、お餅《もち》もつかなかった。これは外国の人の習慣で、クリスマスのお祝《いわい》はたいへんなんだけれども、お正月はそんなにお祝《いわい》をしないからだった。

でもコックのお才《さい》は、自分たち母娘《おやこ》の台所《キュイジン》の隣の部屋の中の、お琴の机の上を片付けて、そこに買って来た小さいお供《そなえ》を飾った。

そのお供《そなえ》と一緒に買って来た、切餅《きりもち》を、元旦の朝お雑煮《ぞうに》にした。

自分たち娘のお琴と、毬子にはお椀《わん》にお餅《もち》を入れた。御《ご》主人のエルザさんには、スープ皿《ざら》に、お雑煮《ぞうに》の鶏《とり》のおつゆと、切餅《きりもち》をあられのように細かく切って入れたのを、ついでさしあげた。

『日本のお正月のスープのおいしいこと。』

と、エルザさんは匙《さじ》でおいしそうに、そのお雑煮《ぞうに》スープを吸うのだった。

毬子は、エルザさんのお食事の時の可愛《かわい》らしいお給仕役《きゅうじやく》だった。お給仕《きゅうじ》と言っても、洋食のお給仕《きゅうじ》は、お盆《ぼん》を出して、お茶碗《ちゃわん》に御飯《ごはん》を盛るのではなくて、まず最初、お食事始《はじめ》に、食堂の卓子《テーブル》に、純白の卓子掛《テーブルかけ》をよくのばして掛け、その時《とき》必要な大小のスプーン（匙《さじ》）やフォーク（肉叉《にくさし》）や食事用ナイフを左右に順序よくならべ、それに食事用葡萄酒《ぶどうしゅ》のコップ、冷たいおひやのコップを揃《そろ》え、真中《まんなか》に前菜《オードブル》を取るお皿を置き、ふだんは、その脇に、きちんと畳《たた》んだ白いナフキンを巻いて、エルザさんの名前の彫《ほ》ってある銀の輪に通して揃《そろ》えて置くのだった。

毬子は、その卓子《テーブル》のお支度《したく》が上手《じょうず》になっていて、絶えず卓子《テーブル》にお花を上手《じょうず》に飾ったり、特別の御馳走《ごちそう》の時は、ナフキンの四隅《よすみ》を折り返して、白い葩《はなびら》に似せてお皿の上に置いたりした。

毬子が小さいのに、いつの間《ま》にか、洋食風の卓子《テーブル》の飾《かざり》など覚えて綺麗《きれい》にするので、エルザさんは毬子をお気に入ってしまったのも、その筈《はず》だった。

いつもエルザさんは、仏蘭西《フランス》風に朝御飯《あさごはん》は熱くて濃い、珈琲《コーヒー》とパンだけでお食事をすますのだが、その日は特に日本のお雑煮《ぞうに》のスープがついたわけだった。

お才は、エルザさんの朝の簡単なお食事の支度《したく》がすむと、娘のお琴と毬子の為《ため》にお雑煮《ぞうに》を出して、台所脇の窓の下の、自分たち三人の御飯《ごはん》の卓子《テーブル》にお琴と毬子を招き、

『さあ、二人でたくさん先に食べて学校の式へお出かけよ。』

『小母《おば》さんお先へ戴《いただ》きます。』

毬子はお辞儀《じぎ》してお琴と食前の黙《もく》禱《とう》をした。小さい娘の二人は、この食前の黙禱《もくとう》を忘れずにするけれど、大きな大人のお才は、忙しい時《とき》は、これをついうっかりして忘れてしまって、ガツガツお茶漬《ちゃづけ》を食べ始めたりして、娘のお琴に、

『母ちゃん、駄目《だめ》よ、神様にありがとう忘れちゃ。』

と注意される事《こと》が多かった。

『おお、そうそう、つい私ァ、御《ご》先祖のお宗旨《しゅうし》と違うんで、忘れてしまうよ、ハハハハ。』

とお才は笑うのだった。

その元旦の朝は、このお才より先に二人の少女はお雑煮《ぞうに》を戴《いただ》いて、小学校の式に出かけた。

『今日は国旗出すのよ、ね、琴ちゃん。』

毬子が日の丸の旗を御門《ごもん》へ出すのを、忘れなかった。エルザさんのお父さんは、日本の国が好きで、その半生をこの東洋の美しい国に送られただけあって、(このおくにに、棲《す》めば、おくにの旗をお祝《いわい》に出さねばなりません)と言って、日の丸の旗を持ってらっした。

『そうそう、二人で出して行きましょう。』

と、お琴と毬子は、旗と旗竿《はたざお》を持ち出し、二人でよっちらとかついで出て、石の御門《ごもん》に立てかけて置いてから、式に遅れぬよういそいで学校へ出かけた。

お琴は高等二年、毬子は小学六年生だった。震災で親無子《おやなしご》になり、藤堂《とうどう》という苗字《みょうじ》、毬子という名だけはわかったが、神田のおせんべい屋のお婆さんの聞いた藤堂《とうどう》という名が、はたして、ほんとの名かどうかわからず、第一毬子のお家《うち》の戸籍《こせき》(役場なり区役所なりへ届けてある、国民としての家族の書類)がわからないので、エルザさんのお父様や、以前毬子の為《ため》に骨折って下《くだ》すった署長さん方《がた》の御尽力《ごじんりょく》で、毬子は学齢に達する前に藤堂毬子という戸籍《こせき》を得て、そして小学一年生に入学したのだった。

この二人の女の子の学校へ出た後、古びた異人館《いじんかん》の御門《ごもん》には、日の丸の旗が床《ゆか》しく、新春の朝のうららかな陽《ひ》を浴びて、翻《ひるがえ》っていた。

その旗の下を、くぐって今郵便配達の人が異人館《いじんかん》へ入って来た。お正月の郵便屋さんはたいへんだ。肩からかけた鞄《カバン》に入りきれないほど、ぎっしり御《ご》年始状の束《たば》を入れて、その重さで斜《ななめ》になって歩くほどだった。人が遊んでいる時《とき》、眼の廻《まわ》るように忙《せわ》しい郵便屋さんは、でもニコニコして、おめでたい御《ご》年始状を配ってゆく。

異人館《いじんかん》の玄関の郵便差入口にも、ぱたりと郵便が入った。

そのもの音《おと》に、台所《キュイジン》でお皿を洗っていたお才が濡手《ぬれて》を拭《ふ》きながら玄関へ出て、郵便受を開けた。

異人館《いじんかん》へは、ほとんど御《ご》年始状は来ない、クリスマス・カードがたくさん来る事《こと》はあるけれども、日本の普通のお家《うち》のように、たくさん御年始状の来るような事《こと》はなかった。

お才は、郵便受の中へ手を入れると、たった一つの外国郵便の封筒が入っていた。仏蘭西《フランス》の青い郵便切手がはってある、エルザさんへのお手紙だった。

初便り

『エルザさま、お手紙でございますよ――』

と、お才《さい》は二階の寝室のすぐ隣の書斎で、何か仏蘭西語《フランスご》の御本を読んでいる、エルザさんへ、扉の外から声をかけた。

『お入り《アントレ》。』

と、中からエルザさんの声がした。

お才は郵便を持って入り、エルザさんに渡して出て行った。

エルザさんのお机の上には、なくなったお父さんの写真が置いてあり、壁にはマリア像と、それから仏蘭西《フランス》語の本がいっぱい入った書棚が置いてある。

エルザさんは、今お才の持って来た仏蘭西《フランス》からの手紙を手にすると、お机の上から銀の鋏《はさみ》を取って封を切った。

その手紀の差出人は、巴里《パリー》にいるエルザさんのたった一人の叔母《おば》さんの、マダム・ブリュンヌだった。プリュンヌさんは、なくなったエルザさんのお父さんの妹に当たるのである。

エルザさんは、懐《なつ》かしそうに、その叔母《おば》さんからの手紙を読み始めた――

その仏蘭西《フランス》語の手紙を、日本語に訳すとこういう言葉であった――

私の愛するエルザよ。

私のただ一人の兄さんが、日本に残した娘のお前に、叔母《おば》さんは、いつも会いたいと、どんなに願っていた事《こと》だろう。

叔母《おば》さんも、だんだんお婆さんになってゆくと共《とも》に、日本にいる一人の若い姪《めい》を

巴里《パリー》に呼んで一緒に暮らしたいと神様に祈っている。

叔母《おば》さんは、お前も知っているように、未亡人で、多少の財産を持っている、けれども、身寄《みより》のない孤独が、しみじみどんなに寂《さび》しいか、年齢《とし》と共《とも》にわかって来た。

私は一日も早く、姪《めい》のエルザを巴里《パリー》で生活させたい、そしてエルザに母のような愛情をそそいで、なくなった兄の忘れがたみの行末《ゆくすえ》を計ってあげたいと、それが、ただ一つの生涯の希望となった。

遠い日本――そこにはフジヤマやサクラのハナや美しいもののある国とは聞いてるが、エルザお前のお父さんのお国のフランスも又《また》よい国、殊《こと》にこの巴里《パリー》は世界中での花の都と言われている。

お前はなき父の国に、必ず帰って来なければならない、そこには、お前のよい友達になれる立派な巴里《パリー》の女がたくさんいる。

お前が、一生日本でオールドミスで終ることは叔母《おば》さんには寂《さび》しすぎる。

巴里《パリー》の私のところへ来てくれれば、叔母《おば》さんの愛情と親切で、一人の姪《めい》のお前をよい花嫁にしてあげられると信じる。神様も亦《また》それを願って下さるだろう。

エルザよ、どうぞこの熱心な叔母《おば》さんの希望に失望を与えぬよう、すぐ、巴里《パリー》へ向けて出発するがいい。

叔母《おば》さんは、お前を乗せたお船がフランスの港マルセーユに着く日を待っているゆえ――エルザよ、私の可愛《かわい》いエルザよ、早く早く、お前のほんとの祖国へ帰って、このさびしい叔母さんに、喜びと楽しさを与える美しい天使となっておくれ。

お前を世界中で一番愛する
叔母ブリュンヌ

私の希望の花なる
エルザへ

こういう長い長い愛情のこもった手紙だった。

エルザさんは、叔母《おば》さんの愛を嬉《うれ》しいと思った——涙ぐむほどこの優しい叔母《おば》さんの親切を有難《ありがた》く感じた。

又叔母《またおば》さんの寂《さび》しい生活の天使となりたいと思った——父の生まれた懐《なつ》かしい国へ帰りたいと思った。

だが——そう思う心の下から——もし私がこのまま、巴里《パリー》の叔母《おば》さんのところへ行けば、あの孤児《みなしご》の毬子《まりこ》や、コックのお才やお琴《こと》は？　と考えると、はたと困った。

お琴には、お才というほんとの母親がいるから、どうにかなるだろう。

でも、あの可哀相《かわいそう》な毬子はどうなる？　あの子には誰一人身寄《みより》の者はいないのだ——あの毬子が、自分が巴里《パリー》へ行っても、あと困らないようにしてやらなければ、叔母《おば》さんのところへ行《ゆ》く気にはなれない……。

エルザさんは——その手紙を読み終ってから、長い時間考え込んでしまった。

折《おり》しも、もう学校の元旦の式は終ったのであろう、異人館《いじんかん》の裏庭《うらにわ》の薔薇《ばら》の垣根《かきね》のほとりで、毬子やお琴の声が、エルザさんの耳に響いて来た。

エルザさんは、叔母《おば》さんの手紙を、机のひきだしに納めると、椅子《いす》を立ち上って、書斎の窓から、裏庭を眺めおろした。

そこの庭で、毬子とお琴は、この日

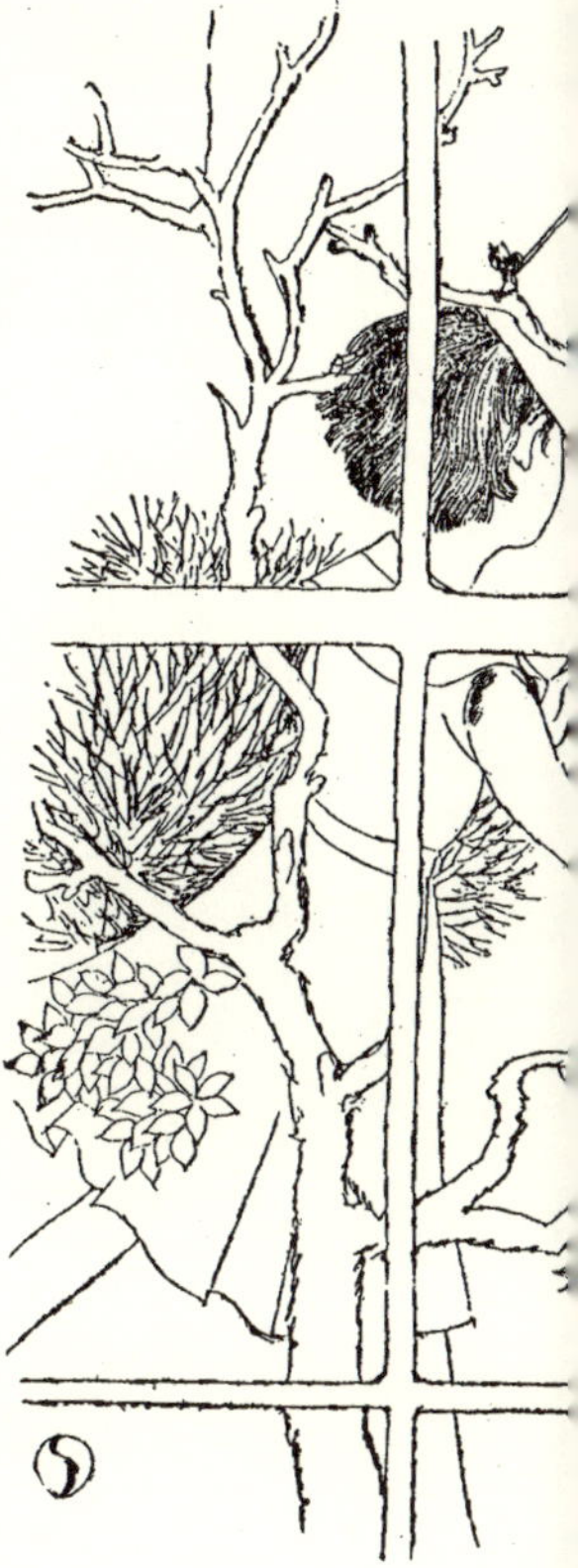

本の国での女の子たちの古くからのお正月の遊《あそび》の羽根つきをして、嬉《うれ》しげに遊んでいた。

赤や青、白の色どりの小さい羽根をつけた玉が、羽子板《はごいた》で打ち上げられて、コツンと高く空に舞ってゆく——その下に二人の女の子は羽子板《はごいた》を持って、一心に羽根の降りて来るのを、うまく又《また》打ち上げようと待っている、その無邪気《むじゃき》な姿——毬子の可愛《かわゆ》い頬《ほほ》は、この運動で、もぎたての林檎《りんご》のように血の気がさして美しかった。羽根をみつめる瞳《ひとみ》は、日本のお人形の眼より黒く生々《いきいき》としていた。

『……可哀相《かわいそう》な子……』

エルザさんは、ふとつぶやいて、じっと窓から毬子の姿を見おろしていた。

——でも、毬子は二階の窓から、エルザさんが、そんな気持で自分を憐《あわれ》んでいるとも知らず——

——お琴を相手に夢中で羽根つきをしているのだった。

心ごころ

その晩、毬子《まりこ》のお給仕《きゅうじ》で食卓に向かったエルザさんはたいへんいつもと違って、何か心配そうに考え込んでおられた。

コックのお才《さい》が、お正月松の内の御馳走《ごちそう》にと、一生懸命でこしらえた、舌ひらめのフライも犢《こうし》をおいしく焼いたお皿もサラダも、半分も手をつけず、ぼんやりと考え顔だった。

毬子は、食卓のものを片附《かたづ》けて、台所に来ると、お才に、

『エルザさま、今日はどこかお悪いのかもしれないわ、だって、こんなにお料理がのこっているのよ。』

とお皿を出すと、

『はァてね、私のつくるお料理をこんなに残されたのは、始めてだよ、味がまずい筈《はず》はないのに――』

と、不平気《ふへいげ》に自分のお料理の残ったお皿をみつめた。

『母ちゃん、それおいしそうね、食べてもいい――』

と、その横合《よこあい》からお琴《こと》は、お皿の中の肉片《にくきれ》をさらって、自分の御飯《ごはん》のお皿にちゃんと載《の》せて、

『毬ちゃん、さあ私たちも御飯《ごはん》食べない――』

お琴は、こんな風に呑気《のんき》で、少しお行儀《ぎょうぎ》が悪かった。

でも、毬子は心配でならなかった。今夜のエルザさんの御《ご》様子があんまり日頃になくおかしいので――毬子に取って大事な大事なエルザさまのお身体《からだ》に何も悪いことのないようにと、毬子は自分の食前のお祈りに（エルザさまのお身体《からだ》が御《ご》病気でないように――）とお願いした。

――

エルザさんは、食後二階の書斎に入って、又《また》考え込んでしまうのだった。

（いったい、この問題はどうしたらよいか――）

と、そしてふと、コックのお才に、ともかくこの事《こと》をうち明けて相談しようと――エルザさんは、部屋の柱の呼鈴《よびりん》を押された。

間《ま》もなくお才がことんことんと階段を上って来る足音が聞えると、エルザさんは、なんだかだんだんあの話をするのが気の毒にもなり、どんなに皆《みんな》が失望するかと思うと話をするにも勇気が必要になった。

（あっそうそう、きょうは元旦だった。年の始《はじめ》の、おめでたい元旦から、そんな悲しい話をしてはいけない――）

と、気がついた。

『何か御用《ご》でございますか？』

お才が扉《ドア》から顔を覗《のぞ》かせると、エルザさんは、

『毬子や琴も、お正月のお休《やすみ》のうちに、貴女《あなた》が連れてシネマでも見せたりして、あそばせて下さい。』

と、エルザさんは言った。

『はい、あの小さい二人は大喜びでございますよ、早速《さっそく》明日浅草《あさくさ》にでも二人を連れて行ってやりましょう。』

お才は、娘たちを連れて明日ゆっくり遊べると思うと、自分も嬉《うれ》しげだった。

『そうですか――ではこれを、お小づかいにあげますから、あの子たちをよく遊ばせてやって下さい。』

と、エルザさんは、毬子やお琴が、お才に楽しく外で遊ばせて貰《もら》えるように、いくらかお金をお才に渡した。

お才は、さうした態度のエルザさんの、ほんとの心持も知らず、よろこんで、とんとん階段を降りると、台所《キュイジン》へ駈《か》け込み、

『毬ちゃんもお琴も安心おし、エルザさまは御《ご》病気どころか、ニコニコして、お正月のお休《やすみ》のうちに、あんたたちを連れて何処《どこ》かへ遊びにゆくようにっておっしゃって、お小づかいまで戴《いただ》いたのだよ。』

と、報告した。

『ああ、うれしい、母ちゃんどこへ私たち連れてゆく——』

お琴は飛び上ったり、跳《は》ね上ったりした。

『さあ、明日浅草へでも連れて行こうかね。』

お才は言った。

『万歳《ばんざい》——映画見て、おすし食べて、夜はレビュー見て、そして何食べようかなあ——』

お琴は試験の大問題のように頭をひねった。

円タクの坊や

『ゆっくり楽しく遊んでいらっしゃい。』

エルザさんに送られて、毬子《まりこ》とお琴《こと》は、いそいそとお才に連れられて、今日は浅草に出かけるのだった。

そんな事《こと》は、ほんとに一年に幾度《いくど》とないので、まるでお祭か遠足に出かけるように、二人の少女ははしゃいでいた。

市ヶ谷の通《とおり》へ出ると、円タクが幾台《いくだい》も通ってゆく。お才《さい》が女の子を連れて立っていると、誘うように車が止った。

『浅草まで三十銭でゆくでしょう。』

お才は運転手にこう言った。

『おかみさん御冗談でしょう。』

運転手が手を振った。

『だって、子供は二人とも軽いんですよ。』

お才が真顔で言った。

お琴は、はずかしそうに真赤《まっか》になって、

『母ちゃん、みっともないわ、そんなケチン坊して……』

と母の袖《そで》を振った、お才は平気で、

『すべて経済が大事だよ。』

と力《りき》んでいる。

お正月時分の円タクは、そんなお客は

乗せないとばかりに、さっさと行き過ぎてしまった。

その次に、泥のはねで汚《よご》れた、ボロボロの円タクが通りかかって、三人の姿を見ると止った。

『浅草まで三十銭、それでいやならいいよ、電車って安く便利なものがあるからね。』

と、お才ははじめから喧嘩腰《けんかごし》で言った。

すると、その車の運転手は呆《あき》れて笑いながら、首を出した。少し小父《おじ》さんのような年齢の運転手だった。しかも助手台には、ちょこんと、六つ七つばかりの男の子が、紺飛白《こんがすり》の筒袖《つつそで》を着て乗り込んでいた。

『おかみさん、この季節に三十銭はひどいや、浅草までなら相当の道程《みちのり》ですよ。』

と怒らず、おだやかに言った。

『母《かあ》ちゃん、五十銭出してよォ。』

とお琴が泣声でせがんだ。

『私電車でいいわ。』

と毬子まで気をもんだ。

すると、助手席に乗り込んでいた男の子が、クリクリした眼で、さっきからこの様子を見ていたが――

『父ちゃん、まけてやろうよ、イサギヨク――』

と、おしゃまを言った。

運転手は、脇《わき》の男の子にそう言われると、苦笑《にがわらい》して、

『ハハハハ、子供達は、あいみたがいだ、よしゆきましょう、三十銭の特別奉仕だ！』

と言った。

『それでこそ江戸ッ子！』

お才はそんなお世辞《せじ》を言って喜び、お琴と毬子をうながして乗り込んだ。

車はガタガタと音させて走り出した。

『ちょいと、お前さんのお子さんかい、そこに乗せている坊やは？』

お才は三十銭奉仕の運転手に機嫌よく話しかけた。

『え、そうです。女房に死なれてね――この子を一人家に残して稼《かせ》ぎに一日出歩いている事も出来ず、こうして車に乗せ込んで親爺《おやじ》がお守《もり》しながら働いているんですよ。』

運転手は車のハンドルを握りながら、こう言った。

『まあ――感心だねえ、運転手さん、私ゃ五十銭ちゃんと払いますよ、三十銭は取消だ、五十銭、なんと言っても五十銭出しますよ、こう見えても私は深川育《ふかがわそだち》の江戸ッ子ですよ。』

お才は力《りき》み出した。

『ハハハハ、おかみさん、折角《せっかく》三十銭にしたんだ、いいですよ。』

運転手は笑った。

『なあに、それじゃ私が気がすまないやね、私もね、この子を――』

とお琴をさして、

『つれて、女手一つでどうにか育てているだけにそういう話を聞くと人事《ひとごと》じゃない気がするんだからね。』

お才はたいへん感激したような声を出した。

お琴も毬子も、母を失って、父の円タクに乗り一日父と共《とも》に暮す、その男の子に何か哀《あわれ》な同情を持たずにはいられなかった。

お琴も早速《さっそく》お母さんの真似《まね》をして、自分はその男の子に口をきいた。

『坊や、お利口《りこう》ちゃんね、学校へはまだあがってないの。』

『来年です。』

お父さんの運転手が代《かわ》って答えた。

『坊や、大きくなったらなんになるの、兵隊さん？』

お琴がお愛想《あいそう》に問うた。

『ボク、大きくなったら、もっといい自動車買って円タクするんだ。』

と意気揚々《いきようよう》と答えた。

『まあなんて、感心な子なんだろうねえ。』

お才は鼻をつまらせて言った。

『これおあがりなさいな。』

毬子は小さい赤いハンドバッグの中に入れていた、クリスマスにエルザさんから戴《いただ》いた、おいしいチョコレートの残りを、その愛すべき坊やに贈った。

『アリガト。』

坊やは小さい両手に嬉しそうに受け取ると、銀紙をはいで早速《さっそく》一つ頬《ほお》ばった。

雷門《かみなりもん》の近くで、三人が車を降りた時《とき》、お才は五十銭銀貨を出して、その運転手さんに渡そうとすると、

『いけませんよ約束がちがう、三十銭です。』

と手を振って、運転手の小父《おじ》さんは、古洋服のポケットから、ざらざらと十銭白銅《はくどう》を二つ出して、無理にお才に返した。

『いいんですよ、子供連《づれ》で働いているんだもの、安くしちゃあ気の毒ですからね。』

と、お才はそれを押し返そうとしたが、その間《あいだ》に、もう運転手の小父さんは、さっと坊やと車を走らせて行ってしまった。

『サヨナラ!』

とお琴と毬子が叫んで、手を高く差し上げると、車の運転台から坊やとそのお父さんの運転手も顔を、こちらに向けて、笑っていた。

おみくじ

『毬《まり》ちゃん、活動何見ようかしら?』

お琴《こと》は、どの映画《えいが》を見ようかと、もうそれで胸がわくわくしている。

『活動だの何だのは、後廻《あとまわ》しですよ、まず、先に観音様《かんのんさま》を拝《おが》まなくちゃ、ばちが当たりますよ。』

お才《さい》はこう言って、ぐんぐん先に立って観音堂《かんのんどう》へ上ってゆく。その敷石《しきいし》の上に乱れ飛ぶ鳩《はと》を見ていた毬子《まりこ》に、

『さあ、みんなお詣《まい》りするんですよ。』

とお琴を連れて行こうとすると、お琴は心配さうに、

『だって、私たちエルザさまが教えて下《くだ》すったように、マリア様を拝んでいるのに——それだのに、又観音様拝《またかんのんさまおが》めばそれはふた心よ、申しわけがないわよ。』

と言った。

毬子も、それは困ったと思った。

『なあに、マリア様も観音様《かんのんさま》も、もとをただせば御姉妹《ごきょうだい》みたいな仏様なんだよ、マリア様は外国に

お生まれになったんだし、観音様《かんのんさま》は日本にお生まれになった違いだけさ。』

お才はそう信じていた。

『あら、ほんとう、そうかしら。』

お琴が、とんきょうな声をあげた。

『そうともさ、私は深川《ふかがわ》生れで、子供の頃《ころ》から、ここの観音様《かんのんさま》にお詣《まい》りしたんだけれど、エルザさまのお宅に御奉公《ごほうこう》にあがってから、マリア様を拝《おが》むようになったのだよ、だけど、もともと神信心《かみしんじん》というものは、皆同じもんだと思うよ。』

お才は自分の信仰心《しんこうしん》を述べた。

『観音様《かんのんさま》でもマリア様でも、人間が正しい心になれるよう拝《おが》めばいいのね。』

毬子も賛成した。

『そうそう、毬ちゃんはどうしても、琴より一つ利口《りこう》だね。』

とお才に言われて、お琴も負けん気で、

『私だって拝《おが》むわよ。』

と本堂に登った。

お才は、さっきあの円《えん》タクの運転手の小父《おじ》さんが、おつりを返した十銭玉二つのを、ポンとお賽銭箱《さいせんばこ》に投げ込んで、両手を合わせて拝《おが》んだ。

毬子もお琴も、その真似《まね》をした。

お才は拝《おが》み終ると、こんどは左手のおみくじ処《じょ》という、おみくじを戴《いただ》く所《ところ》へ入って行った。

『毬ちゃん、なんてお祈りして拝《おが》んだの。』

お琴が毬子に問うと、

『私、今年も琴ちゃんと仲よく勉強出来て丈夫《じょうぶ》でおりますように、その代《かわ》り私も心を正しくいたしております――てお祈りしたわ。』

と毬子は答えた。

『そう、それはよかったわねえ、私はなんて祈っていいかわからなかったのよ、マリア様へのお祈《いのり》はエルザさまに教えて戴《いただ》いたけれど、観音様《かんのんさま》のお祈《いのり》はまだ知らないんだもの――だから仕方《しかた》ないから、ただ「観音様《かんのんさま》、どうぞよろしく」って言ってお辞儀《じぎ》したわ。』

お琴は困ったように言った。

『ホホホホ、どうぞよろしくだって、少しへんだわ、琴ちゃん。』

毬子が笑うと、

『あらそうお――、じゃあ観音様《かんのんさま》怒っちゃうかしら?』

お琴は無邪気《むじゃき》に心配そうな表情をした。

そこへお才が手に一枚のおみくじを持って、二人の少女たちの傍《そば》へ戻って来た。

『さあ、毬ちゃんも琴も、この今戴《いただ》いたおみくじ読んでおくれ、二人ともお母さんより字が読めて学者なんだからね。』

と言って、差し出した。

一緒に、うららかな冬の陽《ひ》ざしに暖かい、観音堂《かんのんどう》の朱塗《しゅぬり》の欄《らん》の廻廊《かいろう》へ出て、二人の女の子は、そのおみくじという、木版刷《もくはんずり》の字を読み辿《たど》った。

その紙片の上に、『第七十二、吉』と書いてあり、その下に四つ漢文の五字ずつの言葉が振仮名《ふりがな》がついてしるしてあった。

一番はじめの行には、
戸内防重厄《こだいじゅうやくをふせぐ》（かないに、わざわい来るべし、それをふせぐ心づかいあるをいうなり）

と、二人の女の子は仮名《かな》をたよって読んだ。

『へーえ、家内に災いが来るって、さあ大変、泥棒《どろぼう》でも入ると困るねえ、うちは女ばかりのところだし……』

お才は、もう今にも泥棒《どろぼう》が入るような心配な顔つきをした。

『さあ、その次はなんて書いてあるんだい。』

と催促《さいそく》した。

毬子とお琴が次の行を声をあげて読むと、
花果見分枝《かかぶんしをみる》（枝のわかれて別々になるは、万事和合《わごう》せぬことなり）

と書いてあった。

『あれ、まあ、どうしようねえ、枝が別れ別れになるって、それじゃ、エルザさまや、私たちや毬ちゃんが別れ別れになってしまうことかも知れないねえ――まあ、今年はとんでもない、おみくじを引いてしまったよォ。』

お才は、又《また》大地震に逢った時のような、悲しい顔つきをして吐息した。

『小母《おば》さん、おみくじなんか信じるの、迷信よ、だから大丈夫《だいじょうぶ》よ。』

毬子は一生懸命で慰《なぐさ》めた。

『私たち枝じゃないもの、人間だから大丈夫《だいじょうぶ》よねえ。』

お琴も無学の母の迷信を破らせるように言った。

だが、お才の顔色はすっかり悪くなった。

『だけどねえ――私は気持がやっぱり悪いよ、どうも……』

と、首をうなだれた。

『母ちゃん、それより早く活動見たいわ。』

お琴は、池の向こうにならぶ映画館の絵看板や、旗を見ると、もうおみくじなんかどうでもよかった。

『ほんとに、何も悪いことがなければ、いいけれど――』

お才はまだ心配げに溜息《ためいき》をついている。

その時《とき》毬子は心の中で、マリア様にお祈をした。

――マリア様、どうぞ、私たちをお守り下さいませ。マリア様――

お琴は、その時《とき》もうぐんぐん映画館の通《とおり》へ歩き出していた。


黄昏《たそがれ》となった。

市ヶ谷の異人館《いじんかん》の窓にも、ぽっと梔子色《くちなしいろ》の灯《ひ》がついた。

そのお二階お部屋でこの家の女主人、金髪のエルザさんは朝から、いちにち、もの思《おもい》にふけっていたのである。

(ああ、何も知らずに、ああして喜んで出かけた、毬子やお琴たちに、今日はどうしても悲しい宣告をしなければいけない、こうして、いつまでも黙っているわけにもゆかないのだ――巴里《パリー》の叔母《おば》様は私の到着を待っていらっしゃるのだし――）

エルザさんは、そう思うと、さてどうして、この自分が日本を離れて、小さい毬子たちに別れを告げねばならぬという話を、どういう風によく言い聞かせようと、悲しく迷った。

そして、お琴には母がいる。けれども毬子はどうなる――いかにして毬子を安全な生活に置いてゆけるか――その問題をきょう一日エルザさんは考えていらっしした。

そして、夕方になって、やっと一つの考えに落ちついた。

それは――毬子を慈愛深《じあいぶか》い人の家に貰《もら》ってもらう――という考えだった。

孤児院《こじいん》に送るよりも、その方《ほう》があの子に一つの暖かい家庭が与えられて幸福だと思った。

――ひろい世の中には、ほんとの子供がなくて、どんなに我《わ》が家《や》に愛らしき子供の姿を求めてやまない親がいることだらう――その子のない、そして親になりたがっているひとに、もし毬

子のような、利口《りこう》で美しいお人形のような女の子をあげると言ったら、きっと喜んで貰《もら》ってくれるだろう――そして、ほんとの子のように可愛《かわい》がられて暮すことが出来れば、どんなにしあわせだろう……。

エルザさんはこう考えると、毬子の将来のため、それが一番よい方法だと、やっと決心がついた――

――マリア様、毬子へのこの一つの方法が善《よ》く成功しますよう、小さい彼女の上にお恵みを垂れ給え、さんたまりあ――

エルザさんは、その灯《ひ》の下《もと》に一心《いっしん》こめて祈っていられた。

その時――門の中へさざめいて入って来る足音――それは、お才が二人の女の子を連れて浅草での一日の遊《あそび》を終って、今帰って来る足音だった。

エルザさんの胸はあやしくときめいた。

（ああ、今こそ、あの人たちに、私の決心を告げよう）と――

――そして、階下から、『エルザさま、只今《ただいま》』の御挨拶《ごあいさつ》をしに、毬子とお琴が肩をならべて、お才と共《とも》にあがって来る足音が、刻々エルザさんの耳もとに近づいて来る。

ふっとエルザさんの清らかな瞳《ひとみ》に涙が浮いた……。

涙の四人

毬子《まりこ》は泣きじゃくっていた。

その肩を左右から抱きかかえるようにして、お琴《こと》もお才《さい》も涙で瞼《まぶた》を赤く染めていた。

それはエルザさんのお書斎の中の、その夜の光景だった。

つい今さっきエルザさんから、彼女ら三人は、頼みに思うエルザさんは、間《ま》もなくフランスの巴里《パリー》へ、そこの叔母《おば》様の許《もと》へ立ち去っておしまいになるという、お話を伺った後の光景だった。

毬子はもうどうしていいか、わからず涙が出てしまった。お琴もお才もその毬子に同情して、又《また》自分たち母子も心細くなり、ぽんろぽんろと泣き出したのだった。

エルザさんはこの三人が自分に別れるのを、どんなに悲しく思うか――想像以上なのに、これもまた困って涙ぐんでおしまいになったが――

『三人とも――そう泣かずに、これから貴女方《あなたがた》がどうすればよいか、今夜よく相談しましょう――泣いてばかりいては、よい考えが出ません。』

と仰《おっ》しゃった。

だが三人とも、なんでよい考えなぞ浮かぼう——ただ木から落ちた猿のように、しょんぼりするばかりだった。

『お才さんと貴女《あなた》の娘のお琴は、どうしますか？』

まず、エルザさんはこうお問いになった。

『ハァ……私はまあ娘と二人——どうにか致《いた》します——こちらでフランス料理を習わせて戴《いただ》きましたからそれで一つ——どこかで小さい西洋料理の店でも出して働きましょう、そうすれば、娘と二人かつがつ暮してゆけましょうから——ですが、この小さい毬ちゃんは……』

お才はこう言って、その傍《そば》で泣き濡《ぬ》れている——止り木を失った紅雀《べにすずめ》のような彼女を憐《あわれ》んでみるのだった。

『母ちゃん、毬ちゃんとも私たち一

緒に暮そうよ、ねえ、母ちゃん。』

お琴は、もうすぐその決心をしたらしかった。

『でも、女の子を二人連れて、お才さんが暮すのは大変でしょう、それで一つのよい考えを、私考えました。』

とエルザさんは仰《おっ》しゃって、

『毬子、私の傍《そば》へいらっしゃい。』

と、優しく毬子を、御《ご》自分の膝元《ひざもと》へ呼びよせて、そのかわゆいお河童《かっぱ》のふさふさとした髪に手をやって、

『毬子泣くことはありません。マリア様が小さい女の子の貴女《あなた》をきっとお守り下さいますよ。』

と、胸へ小さい彼女をお抱きになって、

『毬子、私は貴女《あなた》の為にいろいろ考えました――そして、小さいかわゆい人形のような貴女《あなた》を、自分のほんとの子のように可愛《かわい》がって下さる、よい人を探そうと思ひます――毬子のような子は、世の中の誰も誰もきっと心から愛して下さいます、私はそれを信じます――』

エルザさんは仰《おっ》しゃった。

『エルザさま、それでは、この毬ちゃんを、よその人へ養女におやりになるのですか！』

お才が吃驚《びっくり》したような声を出した。

『そうです、それが一番よい考えでしょう、世の中には、かわゆい子供が欲しくても、それがない為《ため》にどんなに寂《さび》しく思っている人がいるでしょう、その人は毬子のような子供を持つことが出来ればどんなに喜ぶでしょう。』

エルザさんは説明なすった。

『でも、そんな人が、今どこにいますの？』

お才は、その毬子を養女に貰って可愛がるよい親切な御夫婦が、今どこにいるかと知りたがった。

『今どこにいるとは、すぐわかりません。それで新聞に広告を出して、その人たちを探しましょう、新聞の広告を見て、毬子を貰《もら》いに来た人たちのうち、一番よい人に、よい家庭に毬子をあげましょう……』

エルザさんが仰《おっ》しゃると――それを聞いたお才は思わず『ああ！』と溜息《ためいき》をした。

彼女はどうしても毬子と離れるのが悲しかった――三度の御飯《ごはん》を二度にへらしても、毬子と一緒に暮してゆけたらと思った。

『私は、お才さんが西洋料理屋を始めるならば、その資本金としての、お金を上げましょう――それから毬子は小さいのに、一人ぼっちでよそへやってしまうので、可哀《かわい》そうですから、少したくさんこの子の財産を付けてやりたいと思います――でも、私も父の財産はたくさんなく、この青いペンキ塗《ぬり》のお家《うち》一つを、売って、そのお金を三人に分けてあげます。私は今までフランス語とピアノの先生をして生活していたので、財産を残すことが出来ませんでしたから――』

エルザさんはそう仰《おっ》しゃった。ほんとにエルザさんは、語学やピアノの教師を勤めて、そのお金で、毬子を養いお才に月給を払って暮していらっしたので、その他いろいろのことで、なくなったお父さんの財産もなくなって、今日本を立ち去るに及んで、毬子やお才たちに、贈りたいと思うお金は、この青い異人館《いじんかん》を売って、そのお金を三人に分けるより仕方《しかた》がなかった。

屋根裏の二少女

その夜お才《さい》はコック部屋へ引込《ひっこ》んでから、袂《たもと》の中から、今日浅草の観音様《かんのんさま》でひいた、あのおみくじを出して見ながら、

『それごらん、やっぱりおみくじの文句が当ったよ、（かないに、わざわい来《きた》るべし）とね――それから（枝が別れて別々に――）って、書いてあったんだね、その通りになっちまった、ああ、観音様《かんのんさま》もずいぶんだね、折角《せっかく》お賽銭《さいせん》二十銭もあげて拝《おが》んだのに、こんなことになさるとは――』

お才《さい》は日頃《ひごろ》信心の観音様《かんのんさま》さえ思わず、お怨《うら》み申し上げてしまって、吐息《といき》した。

その傍《そば》で、お琴《こと》はしょんぼりしていた。

『わたしは、母ちゃんと一緒だから、まだいいけれど、あの毬《まり》ちゃんは、これから知らない人の家《うち》に貰《もら》われてゆくなんて、すいぶん可哀《かわい》そうねえ――ああ、もう幾日《いくにち》も毬ちゃんとこの異人館《いじんかん》の屋根の下に暮せないと思うと――悲しいなあ。』

と寂《さび》しい顔をした。そして――

『母ちゃん、今夜毬ちゃんはどんなに、悲しいかわからない、きっと泣いてて眠れないよ、私慰《なぐさ》め

に行ってやるわ。』

と言って、とんとんと、屋根裏の毬子の部屋へ上《あが》って行った。

その小さい、屋根裏の毬子の、お部屋の扉《ドア》は閉《しま》って中はしいんとしていた。

『毬ちゃん、私よ。』

と、お琴が声をかけたが、中から返事もなかった。

お琴は心配になって、いきなり扉《ドア》を押し開《あ》けた、鍵はかかってないので、扉《ドア》はじき開《あ》いた――そして部屋の中の様子を見ると、灯《あかり》の一つついた、三角形の天井の下で、毬子はその部屋の板壁にかかっている、マリアの絵像《えぞう》の小さき額《がく》の前に跪《ひざまず》いて涙さしぐみつつ、お祈《いのり》を一心《いっしん》にささげているのだった。

『毬ちゃん、どうした?』

お琴が声をかけると、毬子はまつげの濡れた、いたいけな眼をこちらへ向けた。

『毬ちゃん!』

お琴はこう叫ぶと、いきなり熱情的に毬子を抱きしめた。

『毬ちゃん、二人は別れて棲《す》むようになっても、きっと忘れずに手紙書きましょうね、きっとよ!』

お琴が半分泣声で言うと、

『ええ。』

と、毬子はうなずいた。

『毬ちゃんが、どんないいお家の子に貰《もら》われて行っても、この異人館《いじんかん》で仲よしだった、私のこと忘れないわね。』

お琴が言った。

『ええ、私忘れないわ。』

毬子が又《また》ほっくりして、うなずいた。

『じゃあ、指切《ゆびきり》しましょう。』

お琴が差し出す指を、毬子は自分の指とからめた。

『毬ちゃんが、もし悲しい目にあった時《とき》は、すぐに私と母ちゃんの処《ところ》へ知らせるのよ。そしたら、私も母ちゃんも、どんな遠くでも毬ちゃんを助けに飛んでゆくわ、きっとゆくわ。』

からめ合った指を振りながら、お琴は言った。

『ええ、その時《とき》はきっと来て頂戴《ちょうだい》ね。』

毬子は嬉《うれ》しげに、涙の眼を輝かして言う。

二人は、その板壁の隅《すみ》の、毬子の小さい寝台の上に、二羽の雀《すずめ》のようにならんだ。

小さい窓から冬の月が、冷たく青白く冴《さ》え渡って、屋根裏の小部屋に流れ込んでいた。

『琴ちゃん、私ね、さっきマリア様にお祈りしていたの、いいお家《うち》に貰《もら》われてゆけるように、その人たちが毬子を可愛《かわい》がって下《くだ》すって、毬子も、そのお家《うち》のよい子になれますようにって――そして琴ちゃんと又《また》会えますようにって――』

毬子が、さっき夢中でマリアの像に祈っていたのは、それだったのだ。

『大丈夫《だいじょうぶ》よ、毬ちゃんのような人を、虐《いじ》める人はないわ、もし、そんな奴だったら、私も母ちゃんも反対して、毬ちゃんを養女にやらないで下さいって、エルザさまにお願いするもの――』

お琴は、新聞の広告を見て、毬子を養女に貰《もら》いに来る人が、少しでも信用出来ないような人なら、反対してやらない、そして、自分と母とで、毬子を引き取って養う決心を少女ながら健気《けなげ》にしていた。

『毬ちゃん、今夜私ここに一緒に寝るわ、だっても少したてば別れ別れになるんですもの。』

と、お琴は毬子との、やがて遠からず別れゆく日を思って、せめて一夜この屋根裏のお部屋に、姉妹《きょうだい》のように同じ臥床《ふしど》に眠ろうとした。

そして二人は、同じ寝床《ねどこ》の上に枕をならべて眠るために——お琴は下のコック部屋から、毛布と枕をかかえて上って来た。
『毬ちゃんの、風車《かざぐるま》の唄も、もう聞けなくなるのね、今夜お別れに歌って聞かしてよ。』
お琴に言われて、毬子は——

涼《すず》かぜ風の子
ふいてます
おうちの赤屋根
すべります
お庭の桐《きり》の木
つたいます……

と、力なく歌い出したが——声が途中で涙でつまってしまった。

お琴もその日頃《ひごろ》にない、もの哀《がな》しい歌声を聞いているうちに――胸がいっぱいになって泣きたくなった。

『もういいの、歌わないでも――なんだか悲しくなったから――ああ、地震の時《とき》、私たち一緒になってから、もう何年にもなって――そして又《また》別れてゆくのね、いやだなあ……』

お琴は幼い日、あの東京の震災で、九段《くだん》で会った、毬子の姿を思い出したりした。

『ふたありは、ずっと大人になっても、姉妹《きょうだい》みたいにしましょうね。』

お琴は、毬子を幼い妹のように胸に抱きしめた。

お琴は、今別れると思うと、その毬子が世にも貴《とうと》い宝玉《ほうぎょく》のように思われた。

この二人の少女の寝顔を、窓もる月の光は絵のように照らしていた。

――その時《とき》、階下のコック部屋では、お才《さい》が一人で、まだ寝もやらず、いろいろ考えていた。

『フランス料理の店を出すって、大仕掛《おおじかけ》には出来ないんだから、それにエルザさまの召上るようなお料理を、安くは売れないし、高くすれば誰も食べに来ないし――やっぱり、トンカツ、三十銭、コロッケ十銭ぐらいで売るんだね。』

と、独言《ひとりごと》して考え込んでいたのだった。

新聞広告

その日から間《ま》もなく東京の大きな新聞の、広告欄に、こういう広告が二つならんで出た。

売家《うりいえ》。牛込市ケ谷高台《うしごめいちがやたかだい》、洋館一棟至急格安《ようかんいっとうしきゅうかくやす》に譲る。エルザ方《かた》に問い合わせられたし。

子供やりたし。十四歳の少女、慈愛深き、子なき家庭に養女として貰《もら》って戴《いただ》きたし。当人に多少の養育料を付けて差し上げます。委細面談《いさいめんだん》、同じくエルザ方へ。

と、二つの広告がならんで出された。

お才《さい》は、その頃ひまがあればせっせと、洋食屋を開業する店を探して歩いていた。日本橋《にほんばし》や銀座《ぎんざ》は、お店を買うのも借りるのも高いので、お才《さい》は自分が元《もと》、棲《す》んでいた深川辺《ふかがわへん》を探していたら、丁度一軒橋《ちょうどいっけんはし》の袂《たもと》に、空《あ》いている店があった。小さい土間《どま》の店の奥が六畳一間と、それから台所も押入もあって、家賃も安いので、彼女はそれに決めることにした。

エルザさんの隣のお邸《やしき》では、かねがねお庭をひろげるために、エルザさんの借りている土地を欲しがったが、その土地に異人館《いじんかん》が建《た》っているので仕方《しかた》なかった処《ところ》へ、そのお家《うち》の主人のエルザさんが今度帰国するので、急いで家《うち》を売られると知って、早速《さっそく》買いに来た。

その異人館《いじんかん》はもう古びた木造《もくぞう》だったし、お隣のお邸《やしき》では、その家《いえ》は取り壊してしまうので、あまり高く買う気はなかった。

『二千五百円ぐらいなら――』

と、いう話だった。エルザさんも急いで売って、お才《さい》や毬子《まりこ》たちの始末をつけてやりたい希望だったので、そんな安い値でお売りになる決心をした。

そして、お才《さい》に仰《おっ》しゃった。

『このお家《うち》が二千五百円で売れますから、貴女《あなた》の洋食屋の資本に千円あげましょう、その残りの千五百円を毬子の養育料として、あの子を貰《もら》って下さる人に預けようと思います。』

と、すると、お才《さい》は手を振って、

『なあに、私はこれから、うんと働きますから、五百円も資本に戴《いただ》けば、たくさんですよ。それより毬ちゃんの養育料として、二千円もやって、あの娘《こ》を大切に育てて貰《もら》うように、頼んで下さいよ。』

と言った。

慾《よく》のないお才《さい》の態度に、エルザさんは感心なすって、

『それでは、五百円、お才《さい》さんとお琴《こと》、残り二千円毬子の養育料としてやりましょう。』

と約束された。

お才《さい》は、その時《とき》もう深川《ふかがわ》に店もみつけたので、その準備にかかった。エルザさんは、異人館《いじんかん》で使っておられた卓子《テーブル》や椅子《いす》や、お台所のお道具から、ナフキン、お皿、紅茶茶碗《こうちゃぢゃわん》、匙《さじ》、フォーク、小刀《ナイフ》まで揃《そろ》えて、お才《さい》の新たに開業する洋食屋へ贈物にされた。

『お琴、私たちの開く洋食屋の店の名は、なんてしようね、お前学問があって字が書けるんだから、考へてお呉《く》れよ。』

母に相談されて、お琴は首をひねって、ずいぶん考え込んだが、なかなかいい名は浮かばなかった。精養軒《せいようけん》だの東京会館だのって名は大きな店の名だし——困ってしまった……。

『いっそ、毬ちゃんのこと忘れないように、マリコ軒《けん》としたら、いいわね』

お琴が思いついた。

『マリコ軒《けん》、そりゃあ可愛くていいよ、そうしよう。』

お才《さい》も賛成して、これから深川の橋の袂《たもと》に開業する小さい店の名をマリコ軒《けん》とさだめることにした。

こうして、お才母娘《さいおやこ》の身の振り方《かた》は、すんだが、毬子を養女として貰《もら》う、いい人がなかなかみつからなかった。

その広告が続いて出たら、その日の朝早く――一台の大型の自動車が、エルザさんの、その異人館《いじんかん》の門前に止った。そして中から一人の紳士が降り立って玄関の鈴《ベル》を押した。丁度《ちょうど》その日、日曜日なので、お琴はお玄関に取次に出ると、その紳士は、

『広告に出ていました、十四のお嬢《じょう》さんを養女にやりたいと仰《おっ》しゃるお宅は、こちらですか？』

と、尋《たず》ねた。

『はい、そうです。』

と、お琴は返事しつつ、この紳士が毬ちゃんを貰《もら》いに来たのかと思うと、胸がどきどきして、その人を見つめずにはいられなかった。

その紳士は、黒い髭《ひげ》の、眼鏡《めがね》をか

けて、和服姿の帯のところに、時計の金鎖《きんぐさり》をちらつかせて、いかにも田舎《いなか》のお金持らしかった。

『きっと、子供がなくて、毬ちゃんを欲しいと思って来た人だわ——』

お琴は、その人がお金持らしいので、ほっと安心して、急いでエルザさんのお部屋に知らせに駈《か》け上った。

その後、玄関に立っていたその紳士は、じろじろ青い異人館《いじんかん》を眺めていたが——小さい声で——

『さて、この家《うち》で、いくら養育料をつけて呉《く》れるかな——』

と、つぶやいた——

そのつぶやきを——誰も聞く者はなかった。

毬子の養父《ちち》

『私がエルザでございます。』

エルザさんは、握手《あくしゅ》の代りに、日本風のお辞儀《じぎ》をして、訪問客に椅子《いす》へおかけなさいと指《ゆび》さした。

その訪問客は、さっきお琴《こと》がお玄関で取り次いだ、田舎のお金持らしい紳士（？）である。

エルザさんは、その訪問者が、あの新聞広告を見て毬子《まりこ》を貰《もら》いに来た人らしいというので、階上の書斎《しょさい》へ通して会うことになった。

『へい、わたしは、新聞の広告を拝見いたして——是非《ぜひ》こちらさんの、お嬢さんをお貰《もら》いしたいと思って、そのお願いにやって来ましたので。』

田舎者《いなかもの》らしい少し訛《なまり》のある言葉を使って、そのお客は言うのだった。

『貴方《あなた》はなぜ、ひとのむすめさんを、欲しいのですか？』

エルザさんは、じっと、その男の顔を見詰《つ》めながら問うた。

『へい——その——実は私も女房も、子供がまだ、その一人もないんでございましてな、まことに、どうも、子供がなくては、家庭と申すものは、さびしくっていけませんや、そいで、ぜひ、ひとり貰《もら》っ子をして、可愛《かわい》がって育てたら、どんなに楽しみだろうと、よく女房と話し合っておりましたんで、へい、ところが、今朝新聞で、こちら様で子供さんを御《ご》都合で、おやりになりたいということを知ったんで、早速駈《さっそくか》けつけて、まいりました次第で、へへへへへ。』

と、もみ手をして、笑った。

『そうですか、それでは、貴方《あなた》と、貴方《あなた》の奥様は、ほんとに、心から子供を欲しいとお思いになるのですね？』

エルザさんが、しっかりとたしかめるように、仰《おっ》しゃった。

『へい、もう、そりゃあ、欲しいの、欲しくねいのって、毎日神様に、どうぞ子宝《こだから》をお授け下さいますようにって、お願《がん》をかけていたほどでございますので、へへへへへ。』

不必要な笑声を立てて、その男は、熱心に子供を欲しいと言うのである。

『それでは、貴方《あなた》と、貴方《あなた》の奥さんは、もし、私の家《うち》から、子供をあげたら、喜んで可愛《かわい》がって、大事に大事に育てて、下さるでしょうね。』

又《また》エルザさんが念を押した。すると、その男の人は、言うまでもないという顔つきで——幾度《いくど》も

うなずいて、

『へい、もう、それは大丈夫《だいじょうぶ》でございます、何も、私もわざわざ、ものずきに、ひとさまの子を、貰《もら》いに出かけては参《まい》りません、ただ可愛い子供、それも女の子が一人欲しいと思ってやって来ました ので、へい。』

『なぜ、女の子を欲しいと思いますか?』

エルザさんが、首をかしげるように、なさると、
『へい、その——なんと言っても、女の子は、万事《ばんじ》優《やさ》しくって、親の言うことをきいて、素直で、育てやすいと女房が申しますので——どうも男の子は、とか

く乱暴で、少し大きくなると、なかなか親の言うことなんて、馬鹿《ばか》にして、ききませんのでな、どうもへへへへへ。』
その男は、いかにもエルザさんにお世辞《せじ》でも使うごとく、むやみと笑う。
『ホホホホ女の子は、ほんとに優しく素直《すなお》で、いいと思います。日本では、女のひとを、男の人より、いやしく思うような悪い習慣がございますが、貴方《あなた》は、男の子より女の子をお子さんに欲しいとお思いになりますのは、たしかに、すぐれたお考えです。』
エルザさんは、こう言って、その女の子が欲しいと望む男のひとの希望に、たいそう御機嫌《ごきげん》をよくなさるのだった。

そこへ、つけ込むように、客はひときわ声を張り上げて、

『さようでございますとも、女の子を育てるのが、一番楽しみでございますな、第一きもの一枚買っても、女の子はお人形のように、綺麗《きれい》に飾って眺められます。女学校へやってももう学校から帰ればお母さんのお手伝ぐらい、してくれますし、そこへゆくと男の子は駄目《だめ》ですな、すぐ野球だのなんだのって、外へ出てあばれることばかり、したがるんですから、かないませんや、へい――』

と、女の子讃美論を、しきりと唱《とな》えるのだった。

『ホホホホホうちのあの毬子なら、きっと貴方《あなた》がた御《ご》夫婦のお気にいるいい子です。そして、お家《うち》の手伝もするでしょうし、学校も優等で、貴方《あなた》たちに、喜んで戴《いただ》けると思います。』

エルザさんは、ますますよい御機嫌《ごきげん》だった。なんと言っても、世間知らずの、年とったお嬢《じょう》さんは、ひとの言うことをあまりに、正直に信じてしまうのだった。

『そんないい、お子さんを頂戴《ちょうだい》出来るとは、まったく仕合《しあわ》せでございますな、どうぞ、この私に、そのお子さんを貰《もら》わせて戴《いただ》きたいんですが……』

客の男は、こう言ってエルザさんの顔を覗《のぞ》くようにした。

『あの広告を見て、一番に早く来られた熱心な方《かた》ですから、私のいう条件を守って下されば、うちの毬子を差し上げても宜《よろ》しいと思います。』

と、エルザさんが仰《おっ》しゃった。

条件三つ

『へい――そ、その条件《じょうけん》と申しやすのは、いったい、どんなことでございますかね。』

客が少し心配そうに問うた。

『それはこの三つの条件《じょうけん》でございます。第一に、毬子を心から大切に可愛がって下さること。第二。将来女学校教育を授《さず》けて、勉強させてやって下さること。第三。女学校卒業後、もし結婚おさせになる時機《じき》が来たら、巴里《パリー》の私のところに相談して下さること。その外、毬子《まりこ》の一身上に就《つ》いて、何か重大な出来事《できごと》の生じた場合は、必ず巴里《パリー》の私のところへ、知らせて相談して下さること。以上です――この三つの条件を貴方《あなた》と貴方《あなた》の奥さんに、かたくかたく守って戴《いただ》きたいのです、これが私の希望です。あの毬子を人手にお渡しする以上、私は一生あの子を遠い巴里《パリー》からでも、こうして守ってやりたいと思うので、ございます。』

エルザさんが、なかなか立派な堂々たる日本語で、こう条件を述べ立てると、客は、(なんだ、そんな条件か、やさしいものだ)と、言わぬばかりの顔つきで――

『へい、へい、かしこまりました、よくわかりました。その条件はごもっともでございます――第一、第二、第三の条件、どれも勿論《もちろん》わたくしも女房も、よく守ります。その毬子さんを養女にお貰《もら》いした以上は、もうもう大切に蝶《ちょう》よ花よとお育ていたしますし、言うまでもなく立派な女学校へ入れて教育を受けさせます。そして綺麗《きれい》な花嫁にします時《とき》は、巴里《パリー》へ電報打って御《ご》相談いたしますとも、へい。』

と、頭をペコペコさげたので――

『その御《ご》返事を伺《うかが》って、私も安心いたしました――では、貴方《あなた》のお住居とお職業と、そして御《ご》家庭は？』

エルザさんに問われて、男はふところから、革《かわ》の紙入《かみいれ》を取り出して、一葉《よう》の名刺を差し出した。それには、名古屋《なごや》市西《にし》区上園町《かみそのまち》、藤波浩介《ふじなみこうすけ》と書いてあった。

『わたしの職業は、生糸《きいと》の仲買業《なかがいぎょう》で、こうして東京や横浜《よこはま》へも出て来、信州《しんしゅう》へも行って生糸を売買して飛び廻《まわ》っていますんでな、昨年は生糸《きいと》の相場もあがって、ハハハハだいぶ儲《もう》かりましたのでこれから、女の子を一人貰《もら》って、楽しみに育てたいと思い立ちました次第で――へい。』

客はそう言った。

『そうですか、日本の生糸《きいと》は、ほんとに立派で外国へまで輸出されるのですから、よい御《ご》商売ですね。』

エルザさんは、毬子を貰《もら》う人が、相当裕福な商人と知って、いよいよ安心されて――

『毬子を差し上げて、育てて戴《いただ》きましょう。ですが、私もあの子の財産として、養育料の名義で——』

と言い出すと、客はあわてたように、手を振って、

『いいえいいえ、どういたしまして、養育料など申すお金は、ビタ一文もいりません、わたしは、もうその可愛《かわゆ》い毬子さんというお嬢《じょう》さんを養女に頂戴《ちょうだい》出来れば、それが何よりなんでございますから……』

と言った。

『それは、よくわかります、貴方《あなた》もお金に御《ご》不自由のない方《かた》ですから——でも私の心としてあの毬子に二千円だけ、記念として贈りたいのです。どうぞ、それを、あの子の為《ため》に必要の時《とき》、使って下さい、重い病気をした時《とき》にも、又《また》あとで花嫁さんになる時《とき》にも、それまで、養父の貴方《あなた》にお預けしておきますから……』

エルザさんが仰《おっ》しゃると、

『どうも——それは——ですが、折角《せっかく》そう仰《おっ》しゃるなら、確かにお預かりして、わたしの養女の財産として、銀行に預けておきます。お嫁にゆくまでに、利子もつきますしな……』

と、客の男はこの時《とき》、眼をきらきらさせた。

『——それでは、今毬子をここへ連れて来て、お会いさせます。それはひと眼で、好きになれる可愛《かわゆ》い可愛《かわゆ》い子でございますよ。』

エルザさんはこう言って、呼鈴《ベル》を鳴らした。

その時《とき》——階下のコック部屋では、お琴《こと》が母のお才《さい》と共《とも》に毬子を中心に息をひそめて、ひそひそと囁《ささや》き合っていた。

『ねえ、母ちゃん、あのお客さん、金時計の鎖をさげたりしていて、少しお金持そうよ。きっと子供がないので、毬子さんを欲しいのね。』

お琴が言うと、母のお才《さい》はうなずいて、

『でも、ともかく、よっぽど、いいひとでないと、うっかり毬ちゃんを養女には、やれないんだから、エルザさまも一生懸命で、今その人の人物を調べていらっしゃるんだよ。』

と、毬子の肩を抱くようにして、

『ああ、この子も、どうぞ立派ないいお家《うち》へ貰《もら》われて行けると、いいんだけれど……』

と祈るように言った。するとお琴が、

『だけど、母ちゃん、毬ちゃんがあんまり、立派なお邸《やしき》へ、貰《もら》われて行ってしまうと、困るわ、もうそうなると、身分が違うから、元《もと》のお友達の、私とつきあっちゃいけない、なんて、ことになると——』

と、心配そうに言う。

毬子はひとり黙っていた。――小さい彼女の胸は、いまはち切れそうに、いろいろの思《おもい》で、いっぱいだった。

いままでの、この平和な生活から離れて、エルザさまに、お琴に、お才小母《さいおば》さんに、皆別れて、ただひとり、これから辿《たど》る人生を思うと、どうしても、胸がいっぱいになるのだった。

今の生活以上に、立派な生活に入れて、（お嬢様《じょう》）と人に言われるとしても――たしかに、やはり、今のこの生活の方《ほう》が仕合《しあわ》せで、寂しくないと思った。

今のこの生活――ああ、これも、いよいよ今日が運命の別れ目となって、この生活に離れるのかと思うと、毬子の瞳は、いつか、しっとり、その長い睫《まつげ》が濡れてゆくので……。

最後の晩餐《ばんさん》

今宵《こよい》は、エルザさんを中心に、別れゆく、皆《みんな》が、名残《なごり》を惜しんでの送別会だった。

それは、あの藤波《ふじなみ》という生糸仲買商《きいとなかがいしょう》のひとが、毬子《まりこ》を貰《もら》う約束をして、毬子の戸籍《こせき》を貰《もら》い受けた後だった。

すでにエルザさんは明日午後神戸《こうべ》出帆《しゅっぱん》のお船でフランスのマルセイユへ立たれるのだった。エルザさんは、神戸へ行かれる途中名古屋まで、毬子を送って行《ゆ》きたいと、お思いになったが、今度毬子の養父となつた、藤波浩介《ふじなみこうすけ》が、自分の商売の用で、二、三日信州《しんしゅう》へ行くのでそれから毬子を連れて、名古屋の自宅へ帰るというので、仕方《しかた》なく、お才母子《さいおやこ》に毬子を預けて、御《ご》自分は今夜八時何十分の特急列車で神戸へ立つことにされた。

お才《さい》は、毬子の養父が迎えに来たら、彼に毬子を預けて、自分たちは住み馴《な》れた、思出《おもいで》の青き異人館《いじんかん》を永遠に立ち去る予定だった。

だから——今晩こそ、異人館《いじんかん》の家族が皆打揃《そろ》って、夕御飯《ゆうごはん》を戴《いただ》く、名残惜《なごり》しくも、もの悲しい最後の晩餐《ばんさん》だった。お才《さい》は食堂の卓子《テーブル》の上に、ならべられた御馳走《ごちそう》のお皿を、自慢そうに眺めて鼻声で——私が・腕を振るってつくる、フランス料理も、これがおしまいですよ、これから深川で店を出して商売始めれば、もう、こんなに上等な材料おかまいなしに、買込《かいこ》んで、こしらえるわけに、まいりませんからね……』

と、いって、くすんと鼻を子供みたいに、すすりあげた。

『お才《さい》さん、でも、これが私たちの、おしまいの晩餐《ばんさん》ではありません。私は明日《あした》フランスへ立ちましても、きっと十年たったら、また日本へ参ります。そして、あなた方《がた》三人と、一緒に会いましょう。そして、その時《とき》は又《また》こうして、四人で楽しく一緒に御飯《ごはん》を戴《いただ》けるのです。私は必ずその十年後の希望を神様が許して下さると信じてこそ、こうして日本にお別れしてゆくのです――』

エルザさんは、かたく、それを信じる口調で言われた。

『ああ、うれし！　エルザさまがいまから十年たったら、又《また》日本へいらゃしゃるの！　ああ、そんなら、明日までに早く十年たって、しまえば、いいのに――』

お琴は、とんきょうな声をあげたが――一夜ですぐ十年たたせることは、むずかしい。

『エルザさまが、あと十年たって日本へ、いらっしゃる時《とき》には、お琴も毬ちゃんも、もう大きくなって、お嫁さんになれる年頃ですね、もう、そして、この私なんぞは、白髪《しらが》のお婆さんになってますよ、ホホホホホ。』

お才《さい》も、あと十年が今から待たれるように、しんみりと言った。

もう、お琴も毬子も胸が、いっぱいで、折角《せっかく》のフランス料理も、手がつけられなかった。

エルザさんも、口では元気に言われても、やはり思出《おもいで》多い日本を去る、その前夜なので、沈んでいらっした。

明日は人手に渡るピアノで、エルザさんがお弾きになる曲につれて、お琴と毬子は、お別れの讃美歌をうたった。

また、あうひまで、また、あうそのひまで、さきくあらむ、かみのみまもり、とものうえに、たまいてよ……なみだと共《とも》に四人は祈るのだった。

——かくて、その涙の別宴《べつえん》の終りし後、エルザさんは見返り勝《がち》に異人館《いじんかん》を立ち出《い》で東京駅を出発された。歩廊《ホーム》までお琴も毬子もお才《さい》も見送った。

汽車が出て行く時《とき》、——十年後十年後と車輪が廻《まわ》るような気がした。

もう汽車の影も見えなくなった。

『ああ、なんだか夢みたいだねえ……』

お才《さい》は眼をあかくして言った。

　夜更《よふけ》の歩廊《ホーム》の灰色のコンクリートの上に、しょんぼりと三つの影法師《かげぼうし》が残された。その一つ大きいのはお才《さい》の影、その傍《そば》の小さいのが、お琴、そして一番小さいのが毬子の姿の影だった。

　その三つの儚《はかな》い影法師《かげぼうし》は、泣き

濡《ぬ》れて、しおしおとさびしく寄り合ったように、歩廊《ホーム》の上を動いてゆくのだった。

やがて――市ヶ谷へ三つのさびしい影《かげ》法師《ぼうし》を地に落しつつ、三人が立ち戻ると、さ＊

＊つき閉めて空《から》にして出た、異人館《いじんかん》は窓もる燈《ともしび》のかげもなく――ただ一つ古《ふ》りし石の門の軒燈《けんとう》のみ、侘《わび》しげに円《まる》い月のように、淡い光を投げていた――ああ、思えば幾歳《いくとせ》を朝夕出入りした、この門、この館――こよいかぎりの名残《なごり》かと思うと、三つの影法師《かげぼうし》は門の陰《かげ》に、集《あつま》って、すすり泣く音の闇にも、もれて……。

× × × ×

その翌朝《よくあさ》――あの毬子を貰《もら》い受ける約束をした藤波《ふじなみ》といふ男のひとが、のこのこと訪れて来た。

『信州から、今帰りました、では、早速《さっそく》毬ちゃんを名古屋へ連れて行《ゆ》きます。』

と、お才《さい》に告げた。

『そうですか、昨夜なら、エルザさまもぜひ名古屋まで一緒に行って、貴方《あなた》のお宅まで届けてゆきたいと言ってらっしたんですがね。』

と、お才《さい》が残念そうに言うと――男は、

『左様《さよう》ですか、わたしも信州で少し用があって、昨日は来られませんでしたよ、それじゃ、今日は毬ちゃんを連れて行《ゆ》きますよ。』

と、いそいで、毬子を連れて行《ゆ》きたがった。

お才《さい》もお琴も、今更《いまさら》ながら毬子を一人ぼっちで、この人に連れて行《ゆ》かれるのが、なんとなく気がかりでたまらなかった。

だが、もう約束はすんだのだ、すべては毬子の将来の幸福の為《ため》に仕方《しかた》ないと――お才《さい》は毬子の持ってゆく荷作《にづくり》をした。

『毬ちゃん、服みんな出して鞄《カバン》へ入れるとして、外《ほか》にまだあるね、それフランス人形も童話の御《ご》本も――それからマリア様のお像も……』

と、お才《さい》はお琴と一生懸命で、毬子の養女行《ゆき》の荷作《にづくり》を手伝った。

『おばさん、わたし、これを持ってゆきたいわ。』

と、毬子が持ち出したのは、赤いセルロイドの古びた風車《かざぐるま》だった。これこそ、あの遠い昔の震災の日、幼かった彼女が、それ一つ持って九段の人ごみで泣いていた、記念物だった。

『ああ、そうそうそれ見ると、はじめて毬ちゃんに会った時《とき》、思い出すね。』

お才《さい》はそう言って、今に至るまで、その風車《かざぐるま》をすてない毬子の気持が、よくわかって、涙ぐましく、いじらしく、黙って、その風車《かざぐるま》を荷物の中へ入れて、こわれぬように包んだ。

『それから、お蒲団《ふとん》だね、あれは、もう大きな風呂敷《ふろしき》でよく包んで、縄をかけて、チッキに出すようになっているからね。』

お才《さい》は言った。毬子を養女にやるに就《つ》いて、エルザさんは、御《ご》自分の今まで使ってらっした、花模様の羽蒲団《はねぶとん》を、お支度《したく》に持たせて、やるようにと、お才《さい》に仰《おっ》しゃったのだった。

毬子の今日から養父になる藤波さんは、その支度《したく》の出来るのも、もどかしげに、『もう、そろそろ汽車の時間ですよ、お早く願います。』

とせき立てた。

昨夜《ゆうべ》エルザさんを、三人で涙で送った東京駅へ、再び今朝《けさ》は毬子を送りに、お才《さい》とお琴は出かけた。

三等車に、しょんぼりと心細げに、養父と乗り込んで窓ぎわから、顔を出している毬子の別れゆく姿を見ると、お琴はたまらなかった。

『毬ちゃん、私も深川のお店へ移ったら、すぐ手紙出すからあなたも、時々《ときどき》手紙書くのよ。忘れずにね――』

と、手を握り締《し》めて言った。

『手紙たくさん書くわ、そして十年たったら又《また》会えるのね。』

と、毬子が言った。

汽笛が鳴った。

『十年たたないだって会えるわ、貴女《あなた》名古屋で、女学校に入ったら、修学旅行にきっと東京へ来るかも知れないもの――』

お琴は、そこに会える希望をつないだ。

『そうね――琴ちゃんも、来られたら名古屋へ来てね……金の鯱《しゃちほこ》のある有名なお城見に……』

毬子が言った時《とき》、お才《さい》がうなずいて、

『毬ちゃん、私たちきっと尋《たず》ねてゆきますよ、これから洋食屋始めて、うんと儲《もう》けたら、この琴を連れて関西見物に出かけるつもりだから――』

と、その時《とき》は何はおいても、毬子を訪ねようと、今からお才《さい》は勇んでいた。

『では、藤波さん、どうぞ、毬ちゃんをよろしく願いますよ。』

お才《さい》は毬子の養父に、幾度《いくど》も声をかけた──

──もう列車は見えないまで、遠ざかった。ゆうべ、三つ残った影法師《かげぼうし》は、今朝の同じ歩廊《ホーム》の陽《ひ》かげには、二つだけ残された。

『ああ、毬ちゃんは、とうとう行っちまったのね、母ちゃん、ほんとに夢みたいに──』

今朝は、お琴があまりに悲しい夢を見る心地がしたので──

十年後《のち》には、エルザさまに──四五年たてば、毬子にも会える──それが、その時《とき》のお琴のいとせめての、望《のぞみ》の火だった。そして、その嬉《うれ》しい日の来るまで、ともかく母を助けて、自分たちの洋食屋を繁盛《はんじょう》させねば、ならない──お琴は健気《けなげ》にも、そう思った。

そして、その日引き払う異人館《いじんかん》のなかを、母とせっせと片付けながら──（ああ、いまごろ、毬ちゃんの汽車は、何処《どこ》まで行ったかしら──）

と、考えると、むやみと涙が出た。

（きっと毬ちゃんも、汽車の中で私たちのこと考えているわ──）

と思うと、いきなり泣き出したくなるのだった。

夜の小駅

毬子《まりこ》と養父になった藤波《ふじなみ》の、乗っている汽車は、もう夜の灯《ひ》をともして、星のつめたくまたたく空の下を、走ってゆくのだった。

毬子は、これからの名古屋のお養父《とう》さんの家庭に、娘として迎えられてからの、生活を一心《いっしん》に考えていた。

お養母《かあ》さんという方《かた》は、どんな方《かた》だろう、まだお会いしないから、わからないけれども、きっと優しい方《かた》だと信じたい。他人の女の子を、よろこんで引き取って、育てて下さるんだもの……御自《ご》分に子供がないから、今まで、さびしくって、それで毬子を貰《もら》って下《くだ》すったのだ――毬子もそのさびしいお養母《かあ》様のとても、いい子になって喜んで戴《いただ》こう――

そして、名古屋の小学校へ転校させて戴《いただ》いたら、一生懸命に勉強しなければ――この三月には、女学校の入学試験を受けるんだもの、しっかり勉強しなければいけない。転校したりすれば、馴《な》れない学校で心が落ちつかないから、今までの二倍も気を引き締《し》めて勉強しよう。

東京の小学校から来た子が、名古屋の小学校で成績が悪ければ恥だもの……そして、いい女学校へちゃんと入らなければいけない。

名古屋の女学校って、たくさんあるのかしら、どんな女学校へ、このお養父《とう》さんは入学させて下さるのかしら。

今からよく伺《うかが》っておこう——と、毬子は養父《ちち》の藤波の方《ほう》を見ると、藤波はさっき汽車の窓から、途中の駅で、壜詰《びんづめ》のお酒と切鯣《きりするめ》の袋を買い込んで、チビリチビリと飲んでいたが、いつしかグウグウと鼾《いびき》をかいて、口をぽかんと開け、お酒に酔ったのか、額《ひたい》をてかてかと真赤《まっか》に光らせて、眠りこけているのだった。

その養父《ちち》の顔を見ると、毬子は心細く悲しくなった。

あの東京市ヶ谷の異人館《いじんかん》で、白百合《しらゆり》の花のように気高《けだか》いエルザさまや、お琴《こと》ちゃんやお才小母《さいおば》さんに愛されて育った女同志の、あの生活の中では、夢にもこんな酔っぱらいの男のひとを見る折《おり》もなかったのに、今日からこのひとが、私のお父さんとは——なんだか、その藤波を見れば見るほど、たよりなく心細く、どうしても、『お父様！』と言って、声をかける勇気がなかった。

何故《なぜ》もっといろいろ、養女の私にものを言って下さらないのだらう、一日も早く父と娘の馴染《なじ》むように、優しく話し合うようにして下さらないのか——まるで犬か猫の子でも連れて行くように、知らん顔して、自分一人お酒を飲んだり、切鯣《きりするめ》をネチャネチャ口で嚙《か》んで、ウイーとお酒臭いおくびび、を出したり……その養父《ちち》の様子を見ると、毬子は恐《おそろ》しく悲しかった。

それにつけても、今まであんなに親切にいたわって、育てて下《くだ》すったエルザさまのお心が尊《とうと》くも身に沁《し》みて有難《ありがた》かった。あああの白百合《しらゆり》のお姿よ——でも、もう十年たつまでは、相《あい》見ることは出来ないのだ。そしてそのエルザさまは、もう神戸から今日の午後は出帆《しゅっぱん》なすったのだもの、もう海の上だ。そして、懐《なつ》かしい懐《なつ》かしいお琴ちゃんも、母のお才小母《さいおば》さんと一緒に、異人館《いじんかん》を離れて深川に新しく洋食店を出すのだ——皆遠くちりぢりに——まるで同じ梢《こずえ》に一緒に咲いていた桜の葩《はなびら》の、やがて春風にちりぢりに散って離れてゆくように——こうして私も一枚の小さい葩《はなびら》の風に吹かれてとぶように、名古屋へよく心も知らぬ養父《ちち》に連れられて……。

考えると毬子の目がしらは、いつしか、しっとり濡《ぬ》れてしまって、西洋人形のように長く美しい睫《まつげ》の先に、小さい露《つゆ》の玉がやどるのだった。

そうした、毬子のいじらしい心の痛《いたみ》も知らで、藤波という男は、グウグウと醜《みにく》い鼾《いびき》をかいて、汽車にゆられながら眠りほうけていたが——やっとその時《とき》、目をさまして、トロンとした赤く濁《にご》った目を開けると、いきなり、両手を拡《ひろ》げて、

『ああ——』

と、お行儀《ぎょうぎ》の悪い欠伸《あくび》をして、汽車の窓の外を見やったが、

『こ、こりゃあ、この次ですぐ降りるんだよ、うっかりすると、も少しで寝過《ねすご》すことだった、ハッハハハハ。』

と、笑った。

毬子は、それを聞いて不思議だった。何故《なぜ》なら、名古屋までは、まだ少しあると思うのに、その途中の駅で慌《あわ》てて、藤波が降りるのだと言い出したから――

毬子が、そんな疑問を抱《いだ》くまもなく、養父《ちち》の藤波は、あたふたと急いで、毬子の荷物の鞄《カバン》を棚から降《おろ》して、

『さあ、おい、降りるんだ、ぐずぐずしちゃいかん。』

と、とても怖《こわ》い顔をして、毬子を睨《にら》めつけた。

エルザさんの前では、あんなに猫撫声《ねこなでごえ》を出して、さも子供好きの小父《おじ》さんのような顔をした、この男はもうエルザさんもお才《さい》も離れてしまった毬子一人となると、こんなに態度が、ガラリと変ってしまったとは!

毬子はどんなにびっくりしたことだろう。

可哀《かわい》そうに彼女は鷲《わし》に捕らえられた、小雀《こすずめ》のようにおどおどして、藤波のあとについて、しょんぼりとその駅に降りた。

その駅は、名古屋でなく、蒲郡《がまごおり》という小さい停車場だった。

『お父さん、名古屋のお家《うち》へゆくのに、どうして、此処《ここ》で降りますの？』

毬子は一生懸命で、勇気を出して問うと、

『ええ、うるさい餓鬼《がき》だな、黙ってついて来ればいいんだッ。』

と、藤波は叱《しか》りとばすのだった。

その小さい駅の灯《ひ》も、まだうす季節の夜風に、しょんぼりとまたたいていた……毬子の瞳にうつる、その燈《ともしび》は涙に赤くにじむのだった……。

不思議な家

駅から自動車に乗せられて、藤波《ふじなみ》に連れられて毬子《まりこ》の着いた家は、格子戸《こうしど》の中から、明るく灯《ひ》がもれてその軒燈《けんとう》に（福《ふく》むら）と書いてあった。

『ごめん。』

藤波が声をかけると、障子《しょうじ》が開いて、厚く白粉《おしろい》をつけた女のひとの顔が覗《のぞ》いた。

『おかみさんは、おいでですか、東京からこどもを連れて参ったんですが、へへへへへへ。』

藤波が薄気味《うすきみ》悪く笑って、お辞儀《じぎ》すると、その奥から、
『ああ、そうかい、それは御《ご》苦労さんでしたね、おあがんなさい。』
と、キンキンした女の声がした。

藤波は、毬子を又《また》叱りとばすような口調で、

『おい、あがるんだよ。』

と言って、自分が先に立って、奥へゆくと、そこに大きな長火鉢《ながひばち》を据《す》えて、うしろの壁の上に神棚を飾った前に、丸髷《まるまげ》に結った女の人が、黒繻子《くろじゅす》の襟《えり》のかかった着物の衣紋《えもん》を抜いて着て、火鉢に片肱《かたひじ》ついて、長煙管《ながぎせる》で煙草《たばこ》をプカリプカリと吸っていたが、
今藤波に引張《ひっぱ》られるようにして、しおしおと入って来た毬子をじろりと見ると、金歯《きんば》がお獅子《しし》のように、いっぱい光る口を開けて笑って、

『ホホホホホ、これは、なかなかいい玉《たま》だね、貴方《あなた》も今度は、たいそう、いい子を見つけて来てくれだね、偉《えら》いよ。』

と、藤波に言った。玉《たま》とは毬子のことを意味したのらしい。

すると、藤波もへへへへへと卑《いや》しい笑声《わらいごえ》をもらして、

『どうでげす、おかみさん、今度こそは、あんたにひとつ褒《ほ》めて戴《いただ》かなくちゃ、割に合いませんよ、なかなか苦労して探して来たんですからね。』

と言った。

毬子はあまりに、不思議なこの大人二人の会話に、何が何やらわからず、ただ不安で心配で胸がいっぱいになった。

おかみさんは、その毬子の顔を又《また》も、じろじろ見て、

『この子なら縹緻《きりょう》がいいし、それに利口《りこう》そうだから、芸を仕込《しこ》んだら、いい芸妓《げいしゃ》になれそうだから、そうだね、少し奮発《ふんぱつ》してお礼はするよ。』

と、藤波に言うと、

『おかみさん、いつものように安くはちょっと渡せませんよ、この子はまあ、ざっとこの位戴《くらいいただ》かなくちゃあね。』

と、両手の指を十本ひろげた。するとおかみさんは、さもびっくりしたような表情で、長煙管《ながぎせる》でガシガシと火鉢《ひばち》のふちを叩《たた》きつけて、

『ぷっ、そりゃ——ちと吹きかけ過ぎるよ、私のほうじゃ、これでなくちゃあ困るよ、何しろ、これから芸を仕込《しこ》んだり、衣裳に金をかけたり費用がかかるんだからね。』

と、片手五本の指をひろげて見せた。

『へっ、たった五つ、おかみさん、それはあんまり、ひどい値切りようですぜ。』

と、藤波が首を振った。

『でも、これがこの辺の相場だからね。』

おかみさんはツンとした。

『御冗談《ごじょうだん》でしょう、この辺には珍しい、こんないい玉《たま》を、五百や六百の端金《はしたがね》じゃ、おいそれと渡せませんよ、この子は私の養女にちゃんと、なってるんですから——いやなら、このまま連れて帰りますよ。これから名古屋でも、岐阜《ぎふ》でも大阪《おおさか》へでも、連れて行《ゆ》けば、千両の相場なら、すぐにも買手がつきますさ、へへへへへ。』

と、藤波は憎々《にくにく》しげに笑うのだった。すると、おかみさんは負けてはいず、

『フン何が、養女だい、どうせお前さん又《また》インチキな真似《まね》をして、ぼろい儲《もう》けを企《たく》らんでいるんだろうが。』

と言い出すと、藤波は慌《あわ》てたように、手を振って、

『お、おかみさん、この子の前で、よけいなことは言いっこなし――これでも、この子は、女学校に入れて貰《もら》えるつもりで、来たんですからね。』

と――

『ホホホホホ、うちでは女学校で教えない、お酌《しゃく》の仕方《しかた》や、踊《おどり》を教えてあげるさ。』

おかみさんは笑った。

『おい、毬子、お前はちっと二階へあがっていな――子供はここにいるもんじゃないよ。』

と、藤波が睨《にら》んだので、毬子はしょんぼりと立ち上ると、おかみさんが、

『そこの階段をあがっておいでよ、今夜は常盤館《ときわかん》の宴会《えんかい》で、みなうちの妓《こ》は出払ったけれど、いまに帰れば、姐《ねえ》さんたちが大勢で賑《にぎ》やかで、それは面白いんだよ。』

と言った。

仕方《しかた》なく毬子が、涙ぐんであがって待った、その二階の座敷の窓ぎわには、幾つもの鏡台《きょうだい》が、ずらりと並んでいて、白粉《おしろい》やクリーム壜《びん》が、たくさんおいてある。

毬子は、その座敷の片隅に魂《たましい》の抜けたようにして、坐《すわ》っていると、トントンと階段に足音がして振袖《ふりそで》を着た舞子《まいこ》姿《すがた》の少女が、長い袂《たもと》を両手で持ちあげるようにして、入って来たが、毬子の姿を見ると、

『ああ、あんた今度来た子なの、そう。』

と言って、金糸《きんし》の刺繍《ぬい》の帯を解き、振袖《ふりそで》も長襦袢《ながじゅばん》もずばりと脱ぐと、戸棚の中から、タオル地の寝衣《ねまき》を出して、着更《きか》え、伊達巻《だてまき》をくるくると締《し》めて、毬子に、

『あんた、今日から仕込《しこみ》の子になるんでしょう。じゃあ、あたいたちの着物畳《たた》むことから覚えるといいわよ。』

と言った。

毬子は呆《あき》れて、ものも言えず、おずおずと彼女の衣装を畳《たた》みかけると、

『あんた、悲しそうね。そりゃ、無理ないわ。あたしも、あの今階下《した》へ来ている小父《おじ》さんに連れられて、田舎《いなか》からここへ仕込《しこみ》に入れられた当座は、とてもお母さんやお家《うち》が恋《こ》いしくて泣いたものよ。姐《ねえ》さんたちに、いじめられるような気がして。でも今じゃ、毎日お化粧して、いいべべ着せて貰《もろ》うて、宴会やお茶屋さんの座敷《ざしき》へ出て、お客さんの前で踊《おど》ったりするの、とても面白くなったのよ――あんたも、きっと今にそうなるわよ。』

と慰《なぐさ》めるように言うのだった。

そう言われれば、言われるほど、毬子は切《せつ》なくなって、涙がはふり落ちた。

『あんた、泣いたりして、あたいの衣裳よごせば、おかみさんに煙管《きせる》でぶたれてよ――いまに面白

くなるから、泣くもんじゃないよ。あたいのお家《うち》なんて、田舎《いなか》のお百姓で、とっても貧乏で、浴衣《ゆかた》一枚買って貰《もら》えなかったのに、ここへ来て、こんなにいいべべ着せて貰《もら》えて、踊《おどり》やお三味線《しゃみせん》習えるんだもの、今じゃあお家《うち》にいるより、よっぽどこの方《ほう》がいいと思ってんのよ――あんたのお家《うち》も、どうせ困るから、ここへよこしたんでしょう。だけどあんた、洋服なんて着て、生意気《なまいき》ねえ、ハイカラだわよ。』

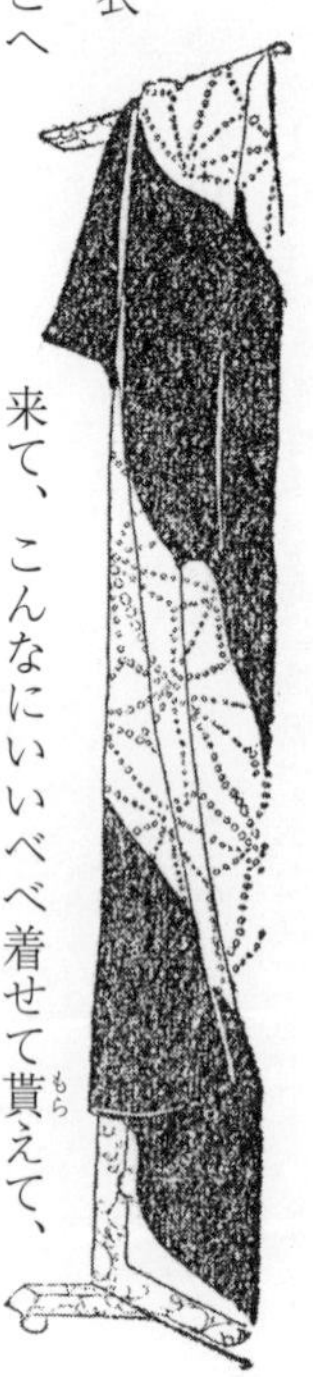

と、ひっきりなしに、おしゃべりをして、その少女は、鏡台《きょうだい》の引出《ひきだし》から、小さい缶を取り出して開けて、中から黒飴《くろあめ》を一つつまむと、

『さあ、これあがんなさいよ、おいしいわよ。』

と、毬子に渡して、自分も一つ口にほうり込んで赤い口紅《くちべに》の玉虫色《たまむしいろ》に光る唇《くちびる》をモグモグさせた。

　毬子は、畳《たた》みあげた、衣裳と帯を差し出すと、

『どうも、御苦労《ごくろう》さん。』

と言って、少女は立ちあがり、

『わたし、はばかりへ行って来るわよ。』

と、又《また》トントンと階段を降りて行った。

逃げる小鳥

一人後に残された毬子《まりこ》は、じっと考えた。

――今の少女の言葉で、毬子もここのお家《うち》が、この町の芸妓屋《げいしゃや》なのもわかった。そして、あの藤波《ふじなみ》という男のひとが、子供好きの生糸商《きいとしょう》などとは、真赤《まっか》な偽《いつわ》りで、あんな嘘《うそ》をついて、清い心の世間知らずのエルザさまをうまうまと欺《だま》して毬子の養育費までたくさん貰《もら》った上にこうして毬子をここへ連れて来て、あのおかみさんから、たくさんお礼のお金を取ろうとしているのだと

——何もかもわかってしまった。

ああ、この事実を、エルザさまやお才小母《さいおば》さんや、お琴《こと》ちゃんが知ったら、何と思うだろう——でも、もうエルザさまはお船で日本を離れておしまいになって、今は海の上なのだ——お才小母《さいおば》さんやお琴ちゃんは、もう深川のどこかへ引越してしまったのだ——今助《たすけ》を呼んで泣き叫《さけ》んでも——とんでは来られない。いないな、小母《おば》さんも琴ちゃんも、毬子は名古屋の、生糸商《きいとしょう》のお家《うち》へ引き取られて、新しい養父母に一人娘として、今夜から大事なお嬢さんにされて暮すと信じ切っているのではないか——

ああ、毬子はどうすればいいのか？

あのさっきの少女の無邪気《むじゃき》に話したように、貧乏なお家《うち》にいるよりも、ここに来て、お化粧して毎日綺麗《きれい》なべべ着ているのが、幸福と思えればいいが——毬子はそれをけっして幸福とは信じられなかった……。

毬子は、名古屋にゆき、新しき父母の、よき子となりて、女学校にあがって、よく勉強しようと、前途の希望を抱《いだ》けばこそ、なつかしいお琴ちゃんにも涙の別れを告げて、来たのではないか！

毬子は、つと立ち上がった。

（私は、ここを逃げて行《ゆ》こう――それより外《ほか》に道はない！）

と決心したのだった。

だが、どうして逃れよう、階下《した》に降りれば、長火鉢《ながひばち》の前におかみさんと恐《おそろ》しい悪魔のような藤波がいる。ぐずぐずすれば、あの少女が二階へ又《また》戻って来るだろう。

毬子は二階の窓の障子《しょうじ》を開けると、遠くから海の波の音がひびいた。あああここは海辺の町なのだった。そして近所には宿屋らしい大きな建物の屋根瓦《がわら》が黒く、星の下に続いている。何処《どこ》からか三味線《しゃみせん》や鼓《つづみ》の音が響いて来た。

毬子は思い切って、ひらりと窓の下の屋根に飛び降りた。すべりそうな足許《あしもと》をしっかりと踏み締《し》め踏み締《し》め瓦《かわら》の上を伝わってゆくと、その先に、物干台《ものほしだい》が突き出ていた。

毬子は星明りをたよりに、その物干台《ものほしだい》の欄干《らんかん》に手をかけて、小さい身体《からだ》を這《は》い上らせた。

そしてあたりを見廻《みまわ》すと、その物干台《ものほしだい》から細長い梯子《はしご》が裏口までかけてあった。

その物干台《ものほしだい》の竿《さお》に、白い鳩がたくさん止っていると、見たのは、たくさんの白足袋《しろたび》が干してあったのだった。

毬子は、その細長い梯子《はしご》を、降りてゆくと、そこがこの家《うち》の台所の木戸口の前だった。

毬子は、その木戸口へ降りて、あたりを見廻《みまわ》すと、幸い誰も人影がなかった。

『ああ、よかった。神様お助け下さいまして、ありがとう！』
毬子は、心の中で、お礼を申し上げた。

そして、その裏口から出ようとしたが、足は靴下だけ——靴はさっきこの家《うち》の入口に脱いだままだから、でも、それを取りに行ったら、すぐ見つかってしまう。

仕方《しかた》がない、痛くとも靴下のままで我慢しようと歩き出した。その足先にザラリとかかったのは、赤い鼻緒《はなお》のよごれた古いフェルトの草履《ぞうり》だった。きっと古くなって裏口に、すてられたものだったろう。

毬子は、そのすてられた草履《ぞうり》をはいて、裏口から道ばたへ出た。

もう夜も更《ふ》けていたので、道に人通りはなかった。旅館や店の前も、皆《みんな》戸をおろして、しいンとしていた。

毬子は、一心《いっしん》に走り出した。胸がドキドキして、

今にも後《うしろ》から、鬼のような顔をして藤波が追いかけて来るかと思って——

だが、誰もまだ気が付かないのか、うしろから追いかける姿もなかった。

やがて町通りの家々を離れて、毬子は一本のさびしい、野道《のみち》へ出た。

もう、この毬子を照らすものは、夜空の星だけだった。野の風はつめたい。外套《がいとう》もなく、帽子もなく、荷物も手提《てさげ》も、何もかも、自分の持物のすべてを、あの芸妓屋《げいしゃや》においたまま身ひとつで、逃れて来た哀《あわ》れなこの少女の姿は、この名も知らぬ村道を、風に追われて散りゆく、一枚の落葉のように吹き渡るのだった。

『エルザさま、お才小母《さいおば》さん！　琴ちゃん！』

毬子は涙と共《とも》に、この名を呼びつつ、野道を辿《たど》った……。

いつしか、足も手も、氷のように冷えて、そのまま、何度も倒れそうになるのを、励ましつつ励ましつつ毬子は、さびしい暗い果《はて》しない、野の道をとぼとぼと涙に濡《ぬ》れて辿《たど》ってゆく……どこにも一軒《けん》の家《うち》もなく、人の住む暖かい灯《ひ》の窓も見えず、ただ遠くの森から風の枝を吹き鳴らす音や、犬の吠《ほ》える声、野中を流れる小川の水の音――その深夜の地の上を、ひとつの小さい影が、ただ一人とぼとぼと、いつまでもいつまでも歩いてゆくのだった……。

後《うしろ》の自動車

道に迷った小犬のように、毬子《まりこ》は夜の暗い道を――あてどもなく、どこまでさまよえばいいのか――

ビュッと木枯《こがらし》の風が、小さい女の子を吹き飛ばし、さらってゆくように、吹きまくる。

ああ、もう夜は何時であろうか?

小鳥でさえも、梢《こずえ》の陰《かげ》の巣の中に、親鳥の翅《はね》の中に埋《うず》もれ抱《いだ》かれて、ぬくぬくと眠っているのだろう。

まして、人の子は、家の中に、お蒲団《ふとん》の中に、絵本やお人形を枕辺《まくらべ》に、童話の夢を見ているにちがいない。

だのに、毬子は、ただ一人ぼっち――

ああ、こんな日、こんな夜、こんな運命が、毬子の上に来るなどとは、あのエルザさんも、お才《さい》小母《おば》さんも、お琴《こと》も、ゆめにも、知らねばこそ、毬子を手離して、人の手に渡したものを――

そして、エルザさんも、お才《さい》母子も、今夜この毬子の姿を見ることは、出来ないのだ。

でも、もしかしたら、(神様)だけは、この毬子を、黙ってじっと見守っていらっしゃるのではなかろうか?

その毬子の、とぼとぼと歩いてゆく、夜道の後から、一台の自動車が、前燈《ヘッドライト》の光を大きな流星《ながれぼし》のように投げて走って来た。

風を切って、その夜道を幸い、規則以上の速度を出して、行《ゆ》く手を急ぎ、タンクのように、突進してゆく、その車は、すぐ毬子の後《うしろ》に追いついた。

（あっ、藤波《ふじなみ》が追っかけて、私をつかまえに来たのだわ！）

毬子は、そう考えると、逃げ出さねば、ならなかった。

でも、どこへ逃げればいいのか！

もう、毬子は疲れ切っていて、足も動かぬばかりだのに――

それで、生命《いのち》がけで、一生懸命に走り出そうとした。

だが、やはり駄目《だめ》だった。

もう、車は毬子の後《うしろ》に――

『あっ！』

と叫《さけ》ぶ間《ま》もなく、あわれ、毬子の小さい身体《からだ》は、空気銃に打たれた、痛ましい小鳥のように、ばたりと地に落ち倒れた。

『あっ、危《あぶな》いッ。』

その時《とき》、車の中から、甲走《かんばし》った女の声がした。

『チェッ、車の前をノコノコ歩く奴《やつ》が、あるかい。』
運転手は、いまいましそうに、どなって、車をギュギューときしらせて、止めた。

『ちょっと、その子轢《ひ》かれたの？――どうしよう――』

又《また》女の子の声がして、車の中から、その声の主《ぬし》は降りて来た。

その主《ぬし》は、友禅模様《ゆうぜんもよう》の長い袂《たもと》の着物に、紅白粉《べにおしろい》を、おかしいほど濃くつけた、十六か十七か、その位《くらい》の年齢《とし》の若い娘だった。

彼女は、今、車の前に、もう少しで、跳《は》ね飛ばされさうになって、道ばたに、倒れ伏《ふ》している、毬子の傍《そば》により、驚いた声をあげた。

『あんた、こんなとこに、どうしていてはるの？ けったいな子やなあ。』

そう言って、毬子の肩に手をかけて、ゆすぶった。

毬子は、その声で起き上ろうとしたが、足も背も折れるように痛んですぐには、どうしても立てなかった。

『あんた、誰もお連《つれ》さんなしで、ひとりで歩いていてはるのか、えらいこっちゃ。』

その娘は、こう言って、毬子を助け起《おこ》した。

『ほんまに、可愛い嬢《いと》はんやなあ、ひとりで、この道いきやはったの、けったいなあ。』

娘は、寒い深夜、こんな可愛《かわゆ》い女の子が、ひとり、とぼとぼ道を辿《たど》っていたのが、不思議でならないのだった。

『なんじゃいな、えらいこと手間どって、いやはるなあ。』

も一人、大人の女の声がして、小さい丸髷《まるまげ》をちょこんと結った、小母《おば》さんが、車から降りて、毬子とその娘の傍《そば》に近寄った。

（ああ、怖《こわ》い藤波が追って来たのじゃ、なかった）

と思うと、気がゆるんで、毬子は、その見知らぬ娘の手に抱き起されたまま、思わずフラフラと眼暈《めまい》がしたのだった。

旅人宿

毬子《まりこ》が、やっと気がついた時《とき》は、彼女は車の中に、小母《おば》さんと、若い濃化粧《こいげしょう》の娘の間に、はさまっていた。

『おう、気がついたかいな、小《ち》ちゃい嬢《いと》はん。』

小母《おば》さんが、安心したように、声をかけて、毬子を覗《のぞ》き込んだ。

『一人ぼっちで、歩いちゃ、あきまへん、今夜あたい達と一緒にきなはれ。』

娘が毬子に言った。

『嬢《いと》はん、迷児《まいご》やな。』

小母《おば》さんが問うた。

『いいえ——』

毬子は、やっと口が利《き》けるように、心も身も落付いた。

その時《とき》、その三人を

乗せた、ガタガタの古自動車は次の小さい街へ入って行った。低い屋根の家がずらりと並んだ町の通《とおり》、だけど家家の戸は閉じられ、ところどころ街燈《がいとう》が、しょんぼり、ともっているだけで、眠れる町の寂しさ。

その通《とおり》の左角《ひだりかど》に、『旅人宿《りょじんやど》、港屋』という文字の、書いてある行燈《あんどん》のような、軒燈《けんとう》の出ている前で、『運転手さん、ここで止めて、おおきに御《ご》苦労さん、おくれやす。』

小母《おば》さんが声かけて車を止らせ、

『千代、その嬢《いと》はん連れて、きなはれ。』

と言って、運転手に賃金を払って降りた。

『さあ、あんたも、ここであたい達と泊っても、だんない（差支《さしつか》えない）。』

と、毬子の手を引いて、旅人宿《りょじんやど》の店の、くぐり戸を開けて入った。

その店先には、炉《ろ》が切ってあり、自在鉤《じざいかぎ》の鉄瓶《てつびん》がたぎり、炉《ろ》の傍《そば》に、お婆《ばあ》さんが小猫を膝《ひざ》に、半分ねぼけて坐《すわ》っていた。

『また、御厄介《ごやっかい》になりますよ。』

小母《おば》さんは、その炉端《ろばた》を通りながら、挨拶《あいさつ》して、その奥の暗い階段をあがって行った。

柱も廊下《ろうか》の板も、煤《すす》けて黒くなった田舎《いなか》らしい旅人宿《りょじんやど》の二階――そこのところどころ破れた穴のあいている襖《ふすま》を開けると、その一間《ひとま》に火鉢《ひばち》を抱《かか》え込むようにして、どてらを着た、赤い顔のふとった小父《おじ》さんが、

『やァ、えらい遅かったな。』

と、小母《おば》さんと娘を迎えた。

『父さん、ただいま。』

娘は疲れたのか、ぺたりと横坐《よこずわ》りに、畳《たたみ》の上に——すると、ふとった小父さんは、その娘の傍《そば》に、しょんぼりしている毬子を発見して、眼をぱちくり——

『おう、その子、いったい、どうしたんね、けったいな。』

と指《ゆび》さした。

『この可愛《かわゆ》い嬢《いと》はん、うちら来る途中でひろって来たんね。』

娘が笑った。

『ひろって来た、そないな、あほうなこと言わずと、ほんまのこと、話してみい。』

小父《おじ》さんは、呆《あき》れ返って、じろじろ毬子を見つめるのだった。

『父さん、この嬢《いと》はんな、うちらの自動車であやうく轢《ひ》かれるとこだっせ、あんじょうに、助《たすか》って、連れて来たんね。』

小母《おば》さんが説明した。

『なんじゃいな、その子は——』

小父《おじ》さんは首かしげて、不思議がった。

『迷児《まいご》かと思うと、いいえ、言うじゃおまへんか、どないなか、とんとわからしまへん。』

小母《おば》さんが、帯の間《あいだ》から女持《おんなもち》の煙草《たばこ》入《いれ》を出して、一服吸いつけた。

『ふーん、嬢《いと》はん、何ぞえや、よう、話しておくれやす、家出しなはったのかな、まだ、ほんに小さいのに――』

小父《おじ》さんは、毬子に話しかけた。

『いいえ、私家出したんじゃございません。今日始《はじ》めて東京から汽車に乗って――』

毬子は、そこで、一生懸命に自分の運命について、語らねばならなかった。

『ホウ、東京から、一人で来なはったのと、ちがいますか。』

小父《おじ》さんは、眼を見張った。

『いいえ、私を貰《もら》うという小父《おじ》さんに連れられて――』

毬子が答えた。

『おう、そうだっか、それで、その小父《おじ》さん、どないしましたね？』

『私を蒲郡《がまごおり》の、芸妓屋《げいしゃや》さんへ連れて行って、お金のこと話していましたの――』

『そりゃあ、あかん、そ、そいつは、人の娘売り飛ばす奴《やつ》じゃ、えらいことだっせ。』

『私、それで、一人逃げ出して、歩いていたら、後《うしろ》から、自動車が――』

『ああ、そいで、わかったわ、可哀《かわい》そうになあ、母さん。』

娘は母を、父を見返って、しみじみ毬子を憐《あわれ》んで、

『ほんまにうちら、いいことしたわ、あんたに行《ゆ》き会《お》うて助けて上げられてな。』

娘が毬子を救えたのを、喜んだ。

『それじゃ、あんた、東京にお家《うち》あるのやろ、東京のどこかいな。』

小母《おば》さんが、膝《ひざ》をすすめて、毬子を覗《のぞ》き込んだ。

『もう、その市ヶ谷のお家《うち》もないんですの――』

『えっ、いったい、どうしなさったのや？』

そこで、毬子は、エルザさまのことと、お才小母《さいおば》さんと、お琴《こと》のことを、かいつまんで物語った。

その毬子の話を聞いているうちに、小父《おじ》さんも、小母《おば》さんも、娘もしんみりして、うなずいた。

『――可哀《かわい》そうになあ――』

三人とも、声を合わせた。

『それじゃ、その異人さんは、もうお船でフランスへ——女コックの母子《おやこ》は深川へとか行ってしもうては、どうにもなあ——』

ふとった、人のよさそうな小父《おじ》さんは、腕を組んだ。

『ああ、うちいい事《こと》考えたわ。父さん、この子利口《りこう》そうじゃから、うちと組んで、舞台に立って、何か芸して貰《もら》いましょか——そしてこの親子《おやこ》丼《どんぶり》一座に入っていなはれば、そのうち、東京の浅草の舞台に買われて行《い》けた時《とき》、深川へ行って、その女コックさんの洋食屋も探してあげられるし、なあ、母さん、どうやろか。』

娘が、いい事《こと》を思いついたように、勢い込んで言い始めた。

『なるほどな、それよかろ！』

小父《おじ》さんが、舞台で漫才の時《とき》、扇子《せんす》で額叩《ひたいたた》くやうに、ポンと手で自分の禿《は》げ上った額《ひたい》を叩《たた》いた。

『そうでもせんと、この可愛《かわゆ》い嬢《いと》はん、孤児院《こじいん》とかへ、行《ゆ》かはるだけじゃ。』

小母《おば》さんが、うなずいた。

その一座

親子丼《おやこどんぶり》一座は、父親の喜楽亭《きらくてい》さんと母親のお松《まつ》さんと、娘の千代《ちよ》ちゃんの千代丸《ちよまる》さんと、三人で大阪の寄席《よせ》に出て、父親の喜楽亭さんが、かっぽれを踊《おど》り、お松さんが三味線《しゃみせん》を引き唄い娘の千代丸が、踊《おどり》もするし、父さんの喜楽亭さんと二人で、振袖《ふりそで》で扇子《せんす》を持ち、親子丼《おやこどんぶり》漫才と銘打《めいう》って、舞台に立ち、千代丸が、

『うちの父さん、しばらく顔見んうちに、あんた、だいぶ年齢《とし》とって老《ふ》けた。』

と言うと、もうお客が、どっと笑う。

『あッ、さよか、年齢《とし》は争えん。』

と、父親の喜楽亭が、禿《は》げた額《ひたい》を、ツルリと撫《な》でると、又《また》どっとお客さんが、どよめく。

『父さん、ほんまに、ちょいちょい白髪《しらが》もまじって

きよって、幾《いく》つになりはった！』

『ちょうど、今年七つ！』

と喜楽亭さんが答えると、

『七つ、あほう！』

と、娘の千代丸に扇子《せんす》で、ビシリと額《ひたい》を叩《たた》かれる。そこで、どっとお客さんが機嫌《きげん》よく笑うというような、まことに、おどけたナンセンスの会話をする、これぞ親子丼《おやこどんぶり》一座の父娘《おやこ》漫才だった。

そして、その間《ま》に千代丸

さんの唄に合わせて、うしろで母親のお松が三味線《しゃみせん》をひくのである。

こうした親子三人組《トリオ》の一座は、大阪から旅から旅を歩いて、寄席を稼《かせ》いで暮すのだった。

今夜も蒲郡《がまごおり》のお正月の余興《よきょう》に頼まれて、大広間の舞台で、千代丸は母と唄ったり踊《おど》っての、帰道《かえりみち》、はからずも毬子《まりこ》を救ったのである。

父親の喜楽亭は、一寸風邪気《ちょっとかぜけ》で、咽喉《のど》をいため、一晩だけ休養することになり、この安い旅人宿《りょじんやど》に残っていたのだった。

さて——親子揃《そろ》って渡鳥《わたりどり》のような、生活のしがない旅芸人ながら、暖かい人情の持主のこの三人に救われた毬子は、これから、この子も一座に入れて、旅をし、やがて東京の寄席《よせ》の舞台へ買われて行《ゆ》く日に、毬子のために、お才《さい》母子の新しい棲家《すみか》を探してやって、引き渡そうと、相談が成り立った。

『では、今晩から、うちと仲よくして暮すのや、あんた、名はなんていやはるの？』

千代丸が聞くと、

『毬子と申します。』

と、教室で先生にお答えするやうに、毬子は言った。

『毬子、可愛い名や、では千代丸——毬子の姉妹《きょうだい》漫才としまひょか、なあ、父さん。』

『毬子か、そんなら、いっそ手毬《てんまり》としなはれ、千代丸、手毬《てんまり》嬢の少女漫才と言うたら、いちだん面白いワ、そりゃよかろ。』

喜楽亭さんが、ボンと額《ひたい》を叩《たた》いた。

『それじゃ、もう今夜は遅いで、これから、この子もゆっくり寝かしてやりましょ。』

小母《おば》さんの、お松さんは、次の夜具部屋から、お蒲団《ふとん》を引張《ひっぱ》り出して、ドンドン自分たちで、三つお蒲団《ふとん》を敷いた。

『手毬《てんまり》さん、さあ、うちと仲よう寝るとしましょ。』

と、千代丸の千代ちゃんは、舞台着の振袖《ふりそで》を脱いで、うす桃色のタオル地の寝衣《ねまき》に着更《きか》え、

『あんたも、その洋服ぬぐといいワ、うちなんぞ、寝衣《ねまき》に貸したげる。』

と、妹のようにやさしく毬子の服を脱がせたり、タオル地のも一つの、お寝衣《ねまき》を着せてやったりした。

そして、一つのお蒲団《ふとん》の中に、毬子と千代丸は、姉妹《きょうだい》のように、ならんで寝るのだった。

『手毬《てんまり》さん、何も心配せんでよろしいワ、うちの父さんや母さん、あんじょうしてくれはるから、安心して、おやすみネ。』

千代丸は、そう言って毬子の房々《ふさふさ》した髪を撫《な》でた。

もう夜もふけて、そろそろ夜明《よあけ》近いのか、遠くの百姓家《ひゃくしょうや》で、一番鶏《いちばんどり》の鳴く音《ね》が聞えた。

ゆきのあさ

雪が降っている。

深川の橋の袂《たもと》に、マリコ軒《けん》と染めぬいた、カーテンのような、暖簾《のれん》をかけた店の前の、黒ずんで葉のない柳にもチラチラと、その小さな洋食屋の前にも、チラチラと、お芝居《しばい》の紙の雪の散るように、雪が舞い落ちている。

お琴《こと》は、竹箒《たけぼうき》で店の通《とおり》の雪をせっせと、掃《は》き寄せていた。

お母さんのお才《さい》が、お料理の材料を、この朝市場から買い込んで来るまでに、こうして店の中から通《とおり》まで、甲斐甲斐《かいがい》しくお掃除《そうじ》をするのだった。

このマリコ軒《けん》のコック兼、主人は、お母さんのお才、そして店のお給仕《きゅうじ》役からお掃除《そうじ》一切の働きは、娘のお琴ちゃんだった。その母娘《おやこ》協力のこの店を開いてからは、あのエルザさんのお家《うち》にいたように、呑気《のんき》にしてはいられなかった。

お琴は今年の春、高等小学を終るので、それまでは、学校へも通うから、朝のうちにお掃除《そうじ》し帰るとすぐエプロンかけて襷《たすき》がけで働くのだった。

まだお店の経済力がしっかりするまでは、なかなか人なぞ傭《やと》う事《こと》は出来なかったし、まだお店もそんなに忙《いそが》しくなく、それで間《ま》に合うのだった。

お琴が手を赤くかじかませて、雪の朝のお掃除《そうじ》をしてやっと終った頃、お才が、男のようにゴムの長靴履《は》いて、市場の買出しから帰って来た。

『やれやれ、今年は又《また》ばかに雪が降るんだねえ。』

お才はこう言って、マリコ軒《けん》と字を大きく書き出してある番傘《ばんがさ》をつぼめて、店の上り口でゴム長靴を脱ぐのだった。

『ホホホホホお母さん、まるで男みたい、そんな長靴はいて――』お琴は、今更《いまさら》に母の姿のおかしく笑うのだった。

『そりゃあ、男になった気でしっかり働かなくちゃ、エルザさまに申しわけがないよ、巴里《パリー》できっと、私たちがどうしているかと、御《ご》心配だからね。』

『そうね、母さん。巴里《パリー》も今頃雪が降っているかしら――』

『さあ、巴里《パリー》は知らないが――名古屋には降っているかも知れないよ。』

お才が言うと、

『そうそう、もう毬《まり》ちゃん、きっと新しいお父さんのお家《うち》に慣れたでしょうね――私今日手紙書こうと思ってるの――雪を掃《は》きながら、毬ちゃんのことばかり考えていたので、おかげでちっとも寒くなかったわ。』

お琴は、雪が降っても、雨が降っても、風が吹いても、すぐ思い出すのは、毬子《まりこ》のことだった。

その日――お琴は学校から帰ると、すぐに毬子への手紙を書いた。

今日は朝から雪がふりました。

私のお店のマリコ軒《けん》の前も、雪がつもりました。お母さんと毬ちゃんの話をしました。毬ちゃんのお家《うち》は、いかがですか？　この手紙が着いたら、すぐにくわしく知らせて下《くだ》さい。お母さんと待ってますから

ここまで書いていると、お店の入口から、

『おう、めっぽう寒いね。』

と、声かけて、お客さんが入って来た。

お琴はお店係だから、手紙書くのを途中でやめて、お店へ出て行《ゆ》き、

『はい、いらっしゃい！』

と、勢いよく声かけて、お客さんにお辞儀《じぎ》するのだった。

法被《はっぴ》を着込んだ、お客さんは寒そうに店の火鉢《ひばち》に手をすり合わしてあたり、

『ねえさん、いそいで、ウイスキー頼むよ、それから、トンカツ。』

と言った。

『はい、かしこまりました。』

と、お琴は店の棚から、ウイスキーの瓶《びん》を出し、小さいコップについで、お盆《ぼん》にのせて持って行《ゆ》くと、ぐいと、一息にそれを飲んだ、お客さんは、髭《ひげ》が、稗蒔《ひえまき》の芽のように、汚《きたな》く生えた顔を、じろりと、お琴に向けて、

『ホウ、このねえさんは、まだ年齢《とし》は小さいが、なかく別嬪《べっぴん》じゃね。』

と、お酒臭い息を吐いた。

（おう、いやだ、この酔っぱらい）

と、お琴は、ほんとは、いきなり平手でぴしゃりと、その頰《ほっ》ぺたを叩《たた》いてぐらい、やりたかったが、自分のお店のお客さんをいじめては、大変だから黙ってお辞儀《じぎ》して引込《ひっこ》もうとすると、

『おい、ねえさん、お代りだ、それから早くトンカツ、なにしろ朝っぱらから何も食べないので、腹の虫がキュウキュウするよ。』

と、どなった。

お琴は、又《また》ウイスキーをついで、今度はコップを遠くの方《ほう》から差し出した。

そして、店と台所との境《さかい》の小窓から、

『お母さん、カツ一丁早く！』

と声かけた。

『あいよ。』

中では、お才が、お鍋《なべ》の油をジュージューたぎらせ、その傍《そば》の俎板《まないた》の上で、豚の肉の一片《ひときれ》を、トントンと、ビール瓶《びん》で叩《たた》いていた。ビールの瓶《びん》で叩《たた》くと、豚の肉が薄く大きくひろがってゆくからだった。

それから、パン粉の中にころがし、鍋《なべ》の油の中へ落《お》として、そのあがるまでの間《あいだ》に、キャベツの青い葉を二三枚むいて、それをトントンカチカチと、庖丁《ほうちょう》で、細かくきざみ込んでゆく。

そして西洋皿を出し、その上にキャベツを山盛にして、じゅっと鍋《なべ》からあげたポークカツレツの薄く大きな一片《ひときれ》を、そのキャベツの山の上にのせて、小窓から差し出し、

『琴や！』

と、呼んだ。

わるい客

琴《こと》ちゃんは、その小窓の下の抽出《ひきだし》から、銀のフォークと小刀《ナイフ》を出して、紙ナフキンを添えて、『はい、お待遠《まちどお》さま――』

と、お客へ運んでゆく。

ウイスキーの二杯目のコップを、飲みほした、その男は、

『おい、もう一杯！』

と、コップを差し出して、すぐお皿の肉を切り出しながら、

『ホウ、このフォークや小刀《ナイフ》は、鉛《なまり》じゃなくて、どう

して、すばらしい本物だねえ。』

と、吃驚《びっくり》したように見詰《みつ》めた。

『え、銀ですのよ、私と母さんの奉公していた、外国人の方《かた》から、貰《もら》ったものですから、上等です。』

お琴は答えた。その通り、そのナイフやフォークは確かに、銀の立派なもので、エルザさまが市ヶ谷の異人館《いじんかん》で使っていらっしたものを、帰国なさる時《とき》、思出《おもいで》の品にと、お才に下《くだ》すったものだった。＊

＊だから、お才はこんな小さい洋食屋に不似合なものながら、お店で使って自慢していた。

『なるほど、異人さんの使っていたものだけに、こりゃあいいや。』

と、男はジロジロ、その銀色の光るのを見詰《みつ》めていたが、やがて、パクパクと大口開けて、トンカツの切《きれ》を、黒っぽいソースをだぶだぶにつけて、口にほうり込むようにして食べるのだった。

そして、又《また》三杯目のウイスキーをぐっと飲んで、ウイーとおくびを出している。

お琴は、そのお客さんが、飲んだりトンカツ食べている間《あいだ》に、懐《なつ》かしい毬ちゃんへの、さっき書きかけの手紙を、書いてしまおうと、用箋《ようせん》とペンを店の片隅《かたすみ》の卓子《テーブル》の上に持って来て、せっせと書き続けていた。


毬ちゃん、いまこの手紙、私マリコ軒《けん》のお店の隅《すみ》で書いているのよ。

いやなお客さんが一人いるの——エルザさまのところに、いたように呑気《のんき》には出来ないのよ。

お母さんも、エルザさまのお料理つくっていたように、上等なフランス料理なんか、とてもつくっては商売にならないので、仕方《しかた》なく、トンカツもつくるのよ、そして、お肉をとんとんビール瓶《びん》で叩《たた》いて大きく見せる工夫しているの、そして、雪の日は男みたいな、ゴムの長靴穿《は》いて、市場へ買出しにゆくの、とても滑稽《こっけい》よ、毬ちゃんが見たら、きっとふきだして、しまうわ。でも、毬ちゃんのいる名古屋へ、母さんと二人で会いに行《ゆ》けるように、せっせと働いて、お金ためるつもりなのよ。ああ、早く会いたいなあ、そして毬ちゃんの風車《かざぐるま》の唄聞きたいのよ……

ここまで、夢中で書いて来た時《とき》、お台所から店への、例の窓口から、お才が静かになった店の方《ほう》を覗《のぞ》いて、

『琴ちゃん、お客さんは帰ったのかい？』

と声かけた。それは、さっきの乱暴な飲み食いのお客さんの姿が、いつの間《ま》にか見えなくなったからである。

『えっ、嘘《うそ》よ、まだ帰らないわ、だってお会計まだなんだもの。』

と、お琴はペンを置いて、立ち上り見廻《みまわ》すと、おや、ほんとうにお客の姿は影も形もなく、ただ卓子《テーブル》の上には、空《から》のお皿とコップが置いてあるまま、ソースの瓶《びん》が倒れて、卓子《テーブル》かけが真黒《まっくろ》によごれていた。

『あら、食逃《くいにげ》よ！』

お琴はとんきょうな声を張りあげた。

『それ、ごらん、ぼんやりしているからさ。』

お才が小言《こごと》を言って、台所の戸を開け、店口《みせぐち》へ出て来た。

『どうも、人相がよくない奴《やつ》だと思ってたんだよ……』

お才は、ぶつぶつ言いながら、その食べ散らした卓子《テーブル》の上を、片付けようとして、

『おやッ、たいへん、銀のナイフもフォークもなくなったよ、畜生《ちくしょう》、それまで盗んで行《い》っちまったんだね、ひどい奴《やつ》だ、ほんとに——』

と、叫《さけ》んだ。

『まあ！』

お琴は呆《あき》れもしたが、又《また》しょんぼりもした。自分が毬ちゃんへの手紙に夢中になっていて、とうとうこんな損をしたのかと思うと、責任感に責められてしまうのだった。

『困るね、開業早々、こんな風に、ただ飲《のみ》ただ食《ぐい》をされた上に、景品に大事な銀のナイフやフォークまで持ってかれては……』

お才もすっかり悲観した。

『母さん、もうよしましょうよ、エルザさまから戴《いただ》いた、大事なもの使うの、明日から粗末なブリキか鉛《なまり》のナイフ使いましょうよ。』

お琴はそう言った。

——外には、まだ雪が降っている、しんしんと、そして夜の色も街を覆《おお》い、あちこちに電燈《でんとう》の灯《ひ》が、ちらちらとついた。

お才も店の灯《ひ》の、スイッチをひねった。

『ああ、まったく商売は辛《つら》いね、エルザさまのお宅での暮しは、今から思えば天国さね。』

お才はこうしみじみ言って、お台所に入って行った。

『母さん、ごめんね、こんどは、私しっかりお店番しているから――』

お琴は、しょげて、母に詫《わ》びるのだった。

見た顔

雪はしんしん降り続くし、寒いし、たまにお客があれば、それは食逃《くいにげ》、しかもその上銀のナイフやフォークを盗んで行《ゆ》かれるし――マリコ軒《けん》の女主人お才《さい》も、娘の琴《こと》も、まったく元気がなくなっていた。

すると、店の前に自動車が雪を跳《は》ねのけて、滑《すべ》るように来て止り、人影が暖簾《のれん》を掻《か》き分けて入って来るのだった。

『いらっしゃいまし。』

と、お琴は迎《むか》えようとしたが、これも又食逃《またくいにげ》の類《たぐい》かと思うと、気が進まなかった。

今度のお客は、子供づれだった。六つか七つの可愛《かわい》いクリクリ坊主の男の子だった。紺飛白《こんがすり》の綿《わた》入《いれ》に、羽織《はおり》を重ねている。その男の子の手を引いているのは、茶色の外套《がいとう》を着たそのお父さんらしかった。

『坊《ぼう》や、さあおあたり、それから何かおいしいものを頼むとしようネ。』

と、父親は卓子《テーブル》につき、傍《かたわら》の火鉢《ひばち》に男の子の小さい楓《かえで》の葉っぱみたいな手を、あたらせようとしたが、その小さい男の子は、店に入るなり、さっきからお琴の顔をじっと見詰《みつ》めてばかりいるのだった。

『なにを、差し上げましょう。』

お琴は、注文を聞くと、

『そうさね、坊《ぼう》やの為《ため》にオムレツと、それからチキンライスを作って貰《もら》いましょう、それから——わしには、ライスカレー一つ、それだけ頼みます。』

と、おだやかに言うのだった。

『はい、かしこまりました。』

と、お琴はお台所への窓口から、

『オムレツ一丁、チキンライス一丁、カレー一丁！』

と、母に大声で言った。

七輪《しちりん》やお鍋《なべ》の前で、夕刊を読んでいたお才は、その声に立ち上り、今度のお客は、食逃《くいにげ》の人相かどうかと、心配そうに店の卓子《テーブル》の方《ほう》を覗《のぞ》くと、父親らしいおだやかな人が、可愛《かわゆ》い男の子と一緒にいるので、これなら大丈夫《だいじょうぶ》だろうと思って、早速《さっそく》お料理にかかり、お丼《どんぶり》に玉子を割って掻《か》きまぜ、オムレツの用意をするのだった。

お琴はお酒を飲まないこのお客様の為《ため》に、熱い番茶を二つ掬《く》んで、運んで行った。

すると、男の子はこの時《とき》、お琴の顔を仰《あお》ぎながら、

『お父ちゃん、このおねえちゃん、いつか坊《ぼう》やにチョコレートくれたんだよ！』

と父の方《ほう》を向いて、いきなり言い出した。

『な、なにチョコレート貰《もら》った？　それは、いったい、だって坊《ぼう》や今夜始《はじ》めて、このお店へ御飯《ごはん》食べに来たんじゃないかい？』

と、お父ちゃんは不思議そうだった。だが子供の方《ほう》が、大人よりも、もの覚《おぼえ》がよかった。

『もうせん、お正月んときだよ。このおねえちゃんと、もすこしちいちゃいおねえちゃんと、それから小母《おば》ちゃんと、三人乗ったんだよ、そして、浅草の観音様《かんのんさま》、行《い》った時《とき》、坊《ぼう》やに、チョコレートくれたんだい。』

男の子は、はっきりこう言い張るのだった。

『あっ、思い出したわ、私——毬ちゃんと母さんと三人で、お正月に浅草へお詣《まい》りした時《とき》、市ヶ谷から乗った円タクの運転手さんね、その時《とき》この子も助手台に乗っていたわ、そうよそうよ。』

と、これも又《また》思い出すと、すっかり嬉《うれ》しくなった。

『ああ、そうだったかな、なるほど——』

運転手の父ちゃんは、うなずいた。

『琴や、オムレツ上り！』

小窓からお才が、こう言ってオムレツのお皿を突き出した。

『母さん、ちょっと、いつかの親子円タクの人がお客さんよ！』

お琴は窓口に走って行《い》って告げた。

『へえ、なんだい？』

お才が、きょときょとと顔を覗《のぞ》かせた。

『そら、母さん覚えている？　浅草へ行《い》った時《とき》、お正月に——子供づれの円タクの運転手さんいたでしょう、ね、そら！』

と、母の記憶をうながすと、お才は窓口から、そのお客の顔を見詰《みつ》めながら、

『ああ、そうそう、雷門まで三十円にねぎったら、その通りまけてくれたひと——そうだ、そうだよ、へえ、まあ！』

と、これも又懐《またなつ》かしげに、とんきょうな叫《さけび》をあげるのだった。

そして、彼女はいきなり台所から、店へ突進して来て、

『まあ、あの時《とき》の男の子だねえ、ホホホホホこんなことなら、も少しオムレツ大きく作ってあげればよかったよ。』

と笑った。

ふぶきとなれば

男の子は、出来たてのホヤホヤの黄いろいオムレツに、フォークを入れて、おいしげに食べていた。

『ここはお前さん方《がた》のお店だったのかね、そうとも知らずに、わしは始《はじ》めてふらりと入って来たんだが……』

運転手の小父《おじ》さんは、この珍しい偶然の再会に吃驚《びっくり》して言った。

『なあに、貴方《あなた》、この店は開店したばかりなんですよ、ついこの間《あいだ》まで、私たちは市ヶ谷の異人さんのお家《うち》に勤めていたんですがね、その御《ご》主人がフランスへ不意に帰っておしまいになったので、仕方《しかた》なく母娘《おやこ》で細々と開いた店なんですよ。』

お才《さい》が説明した。

『ああ、そうですか、それじゃこれも何かの御縁《ごえん》だ。わしもこの子と、これから毎日御飯《ごはん》食べに来ましょう。』

『どうぞ、ごひいきに来て下《くだ》さいよ。』

『おかみさん、ところで、わしのライスカレーも早く願いますよ、何しろ腹ペコだ、ハハハハ。』

運転手さんが催促《さいそく》すると、

『ああ、そうそう、いますぐこしらえますよ、まあ、ごゆっくり……』

あたふたと、お才は台所へ駈《か》け込んだ。

『ねえちゃん、あの時《とき》一緒にいた洋服着た小ちゃいお嬢《じょう》ちゃんはどしました？』

運転手の小父《おじ》さんは、お琴にたずねるのだった。

『ああ、あの毬《まり》ちゃんでしょう、あのひとは、名古屋の相当なお金持に、養女に貰《もら》われて行《い》ったんですの――』

『そうかね、それはよかった――』

そんな話をしているところへ、間《ま》もなくお才が、チキンライスとライスカレーと、それから海老《えび》のフライをお盆《ぼん》に載《の》せて、自分で持って来た。

『おや、フライは頼まなかったんだよ。』

と、運転手さんが言うと、

『ホホホホホ、これは私の御馳走《ごちそう》ですから、食べて下《くだ》さいよ、大変いきのいい海老《えび》で、おいしいからね。』

と——お才はいつぞや三十銭で雷門《かみなりもん》まで、まけて連れて行《い》って貰《もら》ったお礼心らしかった。

『そんな事《こと》をして貰《もら》っては気の毒だよ、そんならそのフライの代も払おう。』

『いいんですよ、フライは御馳走《ごちそう》ですからね。』

とお才は、さっき食逃《くいにげ》されたことを考えれば、これくらいの御馳走《ごちそう》なんでもないと思うのだった。

運転手の父親と、その子はおいしそうに、マリコ軒《けん》の洋食を食べ終ると、

『さて、それでは、又《また》車の稼《かせ》ぎに出ようかね。』

と、運転手は立ち上って、店の外に置いた自動車の方《ほう》を覗《のぞ》くと、外の街にはピュウッピュウッと烈《はげ》しく風が吹き荒《すさ》び、夜に入るに従って大吹雪《おおふぶき》となったようだった。

幸ちゃん

『お前さん、まあ、このひどい雪の中を、この子を連れて、夜更《よふけ》まで廻《まわ》るのかい！』

お才は呆《あき》れたように、運転手さんにこう言うのだった。

『うん、どうも仕方《しかた》がないんだ、何しろこの幸吉《こうきち》は、母親がないもんだからね、親父の私が離さず連れて歩くより仕方《しかた》がないさ——』

運転手さんは、こうさびしげに言って、男の子の手を引いて、マリコ軒《けん》の店口《みせぐち》を出かかると、外にはビュウッと吹雪《ふぶき》のもの凄《すご》い音——

『まあ、ちょっとお待ちなさいよ——なんなら、どう？　その子を今夜家《うち》で預かってあげようか、こんな寒い晩、その子を夜通し連れて歩いて、感冒《かぜ》でもひかせたら、それこそお母《かあ》さんはいないんだし、大変じゃありませんかね。』

お才は、自分も子供を可愛《かわい》がるので、人の子でも心配になるのだった。

『それは、こんな小さい子を、一日中車に乗せて走り廻《まわ》ってるのは、毒だと思うんだが、しょうがないんで、しているんでね、ここへわしの帰るまで預かって貰《もら》えば、こんな都合のいい事《こと》はないんだよ。』

運転手さんも、そう言う。

『そんなら、おやすい御《ご》用さ、預かってあげるともね、どうせお琴もいてお守《もり》はしてくれるからね。』

お才が請合《うけあ》った。

『そうかな、そんなら、すまないが、この子を今夜お願いしようか、おい、幸吉《こうきち》、今夜はあんまり外が吹雪《ふぶき》で、ひどいから、ここの小母《おば》ちゃんと、この姉ちゃんとこで、遊ばせて貰《もら》うかい！』

坊《ぼう》やの幸吉《こうきち》の頭を撫《な》でながら、お父さんが言うと、

『うん、坊《ぼう》や、ここで遊んでいるから、お父ちゃあん、たくさん働いて帰ってよ。』

と幸吉《こうきち》はなかなかおしゃまを言う。

『あーら、まあ、なんてお利口《りこう》なんでしょうホホホホホ。』

お琴は、この幸坊《こうぼう》のおませに、吃驚《びっくり》した。

『それじゃ、おかみさんも姉ちゃんも頼みますよ。』

と、お父さんの運転手だけ、車に乗ってハンドルを握る。

『気を付けていらっしゃいよ。』

お才たちは、それを見送ってから、

『さあ、幸ちゃんゆっくりここで遊ぶのよ。』

と、お琴は、店の奥の自分たちの、部屋へ連れて行《い》った。

そこで、お琴は、自分が小さい頃毬子と見た絵本の古いのや、お人形まで取り出したが、

『そうそう、この子は男の児《こ》なんだっけ、お人形で遊ばせるの、おかしいわ、今度いい玩具《おもちゃ》買って

おいたげるわね。』

と、お琴は幸吉《こうきち》に言って、古い絵本をひろげて見せると、そこに自動車の絵があった。

『そーらね、これはさっき幸ちゃんの、お父さん乗ってブーブーって走って行《い》ったでしょう――』

と、姉さんぶって説明すると、

『うん、だけど、この自動車、お父ちゃんの乗っかってるのと違うよ、これはね、お父ちゃんの車より、うんと高いシボレーかキャデラックの無蓋《オープン》だよ、そらね幌《ほろ》がしてないだろう、お父ちゃんのはね、あれフォードの中古《ちゅうぶる》なんだよ、もすこし、おかねたまったら、そのうちパッカードの古いの買うんだって――』

幸吉《こうきち》は子供ながら、さすがに、あっぱれ自動車の知識を持っていた。

『まあ、男の児《こ》って、子供の癖《くせ》に、もうそんなに生意気《なまいき》に自動車のこと知ってんの、へえ。』

と、お琴は呆《あき》れて、これでは姉さんぶって、絵本の説明どころか、逆に小さい幸吉《こうきち》から、何か教えられるみたいだった。

『姉ちゃん、自動車どんなのあるか、知っている?』

幸吉《こうきち》が問うと、お琴は子供に負けない気で、

『ええ、私だって、ちゃあんと知ってますよ、タクシーに、円タクに、自家用車って、三つの種類

があるくらい——』

と言うと、

『ハハハハ姉ちゃん、バカだなあ。そんな名じゃないよ。外国の自動車会社の作る車の名を知ってるかってんだよ。』

そう小さい男の児《こ》に笑われると、さあお琴は困ってしまった。

『さあ、そんなこと、まだ学校でよく習わないんだもの——』

と、しょげた。

『そんなら、僕教えてあげよか?』

と、幸吉は大得意《だいとくい》だった。

『ええ、いい児《こ》だから教えて頂戴《ちょうだい》ね。』

お琴は、自動車に関しては、幸吉《こうきち》の生徒になることにした。

『うん、たくさん教えてあげるよ、だけど、教えた

らよく覚えなければダメよ、いい？』

幸吉先生に、注意されると、お琴は、

『はい、きっと覚えます。』

と、おとなしく返事した。

預かり児《こ》

『自動車の名はね、今日本で使っている車の名だけでも、とてもたくさんあるんだよ、でもね、東京で一番人が乗っているのは、シボレーと、フォードなんだよ——その外《ほか》にね、ロールスロイス、デムラー、パッカード、ピアースアロウ、キャデラック、リンカーン、イスパノスイザ、ミネルバーそいから、まだあるよ、スチュードベーカー、エセックス……』

幸吉《こうきち》は頭のいい男の児《こ》らしく、一息にすらすらと述べ立てる。

『まあ、自動車の名って、とてもたくさんあるのね、一度に姉ちゃん覚え切れないわ、ちょっと待ってね、ノートに書いとくから。』

お琴は、とうとう学校のノートと、鉛筆を持ち出して、

『さあ、よし、次を言ってよ。』

『うん、それからねー　ハドソン、クライスラー、ナッシュ、ダッジ、グラハムページ、そいから。』

と、幸吉先生、ここでお鼻をすする。

『先生、ちょっとハナふいてよッ。』

と、お琴が紙を出して、小さい先生のおハナをちゅんと、かんでやる。

『うん、そいからね――ビュイック、デソート、ポンテアク、ホイッペット、オーバン、プリムス、フィアット、オースチン――そいから日本で出来る自動車に、ダットサンてのがあるの、小さくて乳母車《うばぐるま》みたいのさ。』

小さい先生の、自動車のお講義が、やっとすんだと思うと、ところが幸吉先生まだ教え足りないらしく、

『ね、そいから、車の形にいろいろあるよ、ロードスター型、カップレット型、クーペー型、そいから旅行用《ツーリング》事型、セダン型――』

と言い出す。

『もう、先生たくさん、又明日《また》教えて頂戴《ちょうだい》、とても一度には、この姉ちゃんには覚え切れないんだもの。』

と、お琴は降参《こうさん》してしまった。

『じゃ、あした、また教えて、あげるからね。』

と幸吉は、いい御機嫌《ごきげん》だった。

お琴は、自動車のことでは、すっかりこの小さい男の児《こ》にかなわないので、口惜《くや》しくなり、何かでお姉ちゃんらしい威厳《いげん》を見せねばならないと考えた。

『幸ちゃん、あんた自動車の名は、とっても、たくさん知ってるけれども、西洋料理の名はたくさん知ってる?』

お琴は、いばって言い出した。

すると、幸ちゃんも負けてはいない。

『僕知ってるよゥ、そらライスカレーね。』

『たった一つ! もう知らないの?』

『ううん、まだ知ってるよ――そらフライ――うん――そいから――オムレッさ!』

幸吉《こうきち》は可哀《かわい》そうに、眼を白黒して一生懸命でやっと、これだけ考え出した。

『ハハハハだ、たったそれでは三つだけよ――じゃあ、お姉ちゃんが、たくさん西洋料理の名教えてあげるわ、いいこと、ちゃんと覚えるのよ。』

と、お琴が今度は先生ぶって、いばるのだった。そして、エヘンと一つ気取《きど》って咳《せき》ばらいをして、

『まずスープ、これはおつゆなのよ。それにも、お清汁《すまし》のコンソメと、濁《にご》ったポタージュとあるのよ、それから、お魚料理は、フライ、ムニエール、コキール、コキールもいろいろあるわ、牡蠣《かき》なんて、とてもおいしいわよ、それから肉料理は、第一番にビフテキよ、切ると血が出るようなのがいいのよ、それからロースト・ビーフ、ポトフ、シチュー、これは牛の舌を煮たのが一番おいしいわ、ハンバーグ・ステーキってのもあるわ、それからロースト・チキン、雛鳥《ひなどり》の丸焼よ、それから――コロッケ、マカロニ・グラタン、ミッキスト・グリル、コンビーフ・キャベジ、これ少し下品なんですって、でもおいしいの――それから、サラダもいろいろあるわ、サラダ・ドゼイゾン、コンビネーション・サラダ、ロシアン・サラダ。』

幸吉は、うっとりと聞いていたが、ごくりと唾《つば》を飲み込んで、

『うーん、みんなおいしそうだなあ、その名を僕ようく覚えるから、それみんな食べさせてくれる?』

と、嬉《うれ》しそうに――

『あーら、幸ちゃん、ぬけめがないわねえ、これじゃ、もううっかり洋食の名前なんて教えられな

いわ、ホホホホホ。』

お琴は面白がって笑った。

そのうちに、幸ちゃんは、こっくりこっくりと眠り始《はじ》めた――口のうちで――

『ビフテキ……オムレツ……そいからトンカツもぼくすき……』

などと、繰返《くりかえ》しながら――

『あら、母さん、この児《こ》もう眠くなったのよ、どうしましょう？』

お琴が店の母に声をかけると、お才《さい》は奥へ入って来て、

『おやおや、小さいから無理もないよ、すぐ眠くなるのだよ、可哀《かわい》そうにお母さんがないのに、よくおとなしくしてねえ――どれ、お琴お蒲団《ふとん》と毛布を出して、そこへ、そっと寝かせておやり――もう、そろそろこの児《こ》のお父さんも帰るだろうよ――』

お才はこう言って、毛布を出したりして、幸吉をそっと暖かに寝せておいた。

その男の児《こ》の無邪気《むじゃき》な寝顔を見ながら、お琴は、

『母さん、この幸ちゃんを遊ばせていたら、私、毬《まり》ちゃんの小さい頃思い出したわ、ああ、毬ちゃんは今名古屋でどうしているでしょうねえ――そうそう私さっき書きかけた手紙いそいで書いちゃって、明日ポストへ入れなくては――』

と、お琴は書きかけの、毬子《まりこ》への手紙を又《また》書き出すのだった。お才も又《また》店へ行《ゆ》き、

『こんな雪では、もうお客さんもなかろうから、店の戸を閉めてもいいだろう。』

と、表の戸を閉めて、店やお台所を片付けて、火の始末をし、奥へ来て、やっとゆっくりすると、表の戸をトントン叩《たた》いて、

『私ですよ、坊《ぼう》やはどうしました？』

と言う声は、さっきの運転手さんだった。

『おや、もうお帰りですか——坊《ぼう》やは、すやすや眠ってますよ。』

と、お才は答えながら、表の戸締《とじまり》を開けると、

『おう、外はめっぽう寒いの、なんのって。』

と、さっきの円タクの小父《おじ》さんが入って来た。

『幸ちゃん、お父ちゃんがお迎《むか》えに来たのよ。さあ、おっきして、お父ちゃんと帰るのよ。』

と、お琴が毛布にくるまって寝ている幸吉《こうきち》を起《おこ》したが、坊《ぼう》やはなかなか眼がさめなかった。

『まあまあ、可哀《かわい》そうに折角《せっかく》よく寝ているのを、起《おこ》さないでおおき——そのまま、今夜は坊《ぼう》やをうちに泊めておやりよ。』

お才が、よく寝ている坊《ぼう》やを、可哀《かわい》そうがった。

『どうもすみませんね、こんなに御《ご》やっかいになって——』

坊《ぼう》やのお父さんは、気《き》の毒《どく》がった。

『なんの、遠慮はいりませんよ、私も元《もと》市ヶ谷の異人館《いじんかん》でね、このお琴の外《ほか》に毬ちゃんって可愛《かわゆ》い女の児《こ》の世話も、よくしてやったもんさ——いったい、あんたは、この坊《ぼう》やを連れて、どこに棲《す》まっているんです——』

お才が問うと、

『今、何しろ男手一つで不自由なんで、この車をおく車庫《ガレージ》の二階にこの児《こ》と棲《す》んでいるのですよ、それも夜だけで、後は朝から晩まで車で父子《おやこ》一緒なのさ——』

坊《ぼう》やのお父さんは答えた。

『まあまあ、それは、ずいぶん不自由だね、それじゃ、あんた、どう、当分この児《こ》をうちへ預かっておいてあげようか——利口《りこう》な児《こ》だから世話はやけないし、もう、すっかりお琴と仲よしにもなったしねえ……』

お才が言うと、お琴も賛成して、

『いいわ、小父《おじ》さん、そうしてよ、私も仲よしの毬ちゃんと別れてから、とてもさびしいのよ、だから幸ちゃんがいると賑《にぎ》やかでいいもの——』

坊《ぼう》やのお父さんは、見るからに善良な親切な、このお才とお琴の言葉に――

『そうですか、その方《ほう》が幸吉《こうきち》も仕合《しあわ》せでしょう――では、どうぞ、お願いします。私は一日に一度でも二度でも、必ず此処《ここ》へ坊《ぼう》やの顔を見ながら、御《ご》飯《はん》を食べによりますから――』

『ああ、そうして下《くだ》さい、では、ああして幸ちゃんも寝ていますから、今夜から預かりますよ。』

お才は請合《うけあ》った。

『では、よろしくお願いします。私は菊川橋《きくかわばし》のガレージにいる、柿島正吉《かきしままさきち》という運転手です――明日の朝坊《ぼう》やの着物や、玩具《おもちゃ》の包《つつみ》を届けながら、坊《ぼう》やに会いに来ます――では、おやすみなさい。』

坊《ぼう》やの父親、正吉《まさきち》さんは、そう言い残して、深夜の吹雪《ふぶき》の中へ、再び出て行《い》った。

『ああ、これで、うちも毬ちゃんの身代り

の児《こ》が出来たわね、そうそう、毬ちゃんにこの事《こと》手紙に書き添《そ》えてあげようや。』

お琴は、幸ちゃんという児《こ》を、預かりましたと、毬子に報告する気になった——

お琴は、毬子が、あれから、どんな目に合ったか、夢にも知らず、名古屋のいいお家《うち》へ貰《もら》われて行って、前よりも幸福に大事にされているとばかり、信じているのだったから——

旅寝の鳥

遠くの山にさくらの花が咲いている——

『サクラ、ホントウニ、キレイネ。』

エルザさまが、そう仰《おっ》しゃる。

そこは市ヶ谷の異人館《いじんかん》ではなくて——どこかしら——よくわからない。

椅子《いす》と卓子《テーブル》は、見慣れた市ヶ谷のお家《うち》のものだけれど、場所はちがう。

しかも、その窓の下を、小川がさらさらと流れている。川のふちに白い小さい花々が、星屑《ほしくず》のように、キラキラ露《つゆ》を宿《やど》して咲いている。

そこへ一つの笹舟《ささぶね》が、どこからか、すうすうと流れて来て、お窓の下に止った。

『オオ、アタシノノルオフネ！』

エルザさまが、こう仰《おっ》しゃると、ひらりと窓から——その笹舟《ささぶね》へ——まあ、あの大人のエルザさまが、綺麗《きれい》な白い服を召《め》した、妖精のようになって、笹舟《ささぶね》にちょんと乗っておしまいになった。

『あっ、エルザさま、私も笹舟《ささぶね》へ——』

毬子《まりこ》が大きな声を出して、窓ぎわに顔を出し、その笹舟《ささぶね》へ自分も飛び込もうとして、身もだえたが——どうした事《こと》だろう——足も身体《からだ》も俄《にわ》かに重くなり、釘付《くぎづ》けになったようで、一寸《ちょっと》も動かない。

そのうち、笹舟《ささぶね》はどんどん流れてゆく——

『エルザさま！』

と、焦《あせ》りながら、咽喉《のど》の張り裂《さ》けるほど、声を限りに、毬子は泣き叫《さけ》ぶと、

『毬子、さようなら！』

と、エルザさまが手をお振りになる。

『エルザさま、いってはいや！』

と、泣く毬子の眼から、こぼれる涙が、はらはらと、さくらの葩《はなびら》のように散って、笹舟《ささぶね》の上に舞い散る——

ああ、もう笹舟《ささぶね》は水の上へ——矢のように早く流れて姿も見えない。どうしようと毬子が窓にしがみつくと——遠くの山から、『まありちゃん！』

と呼ぶ声がする。見ると、さっきさくらの花のうす紅《あか》く、いっぱいに咲いていた山が、いつの間《ま》にか、黒い岩ばかりの山になって、その黒い熔岩《ラバ》のかたまりのような、岩角《いわかど》に、お琴が立って、ハンカチを振って、毬子を心配して呼んでいる。

『お琴ちゃん！』

と毬子が駈《か》け出そうとすると、ぽっかり窓が破れて、もう毬子の身体《からだ》は外にほうり出されている。

さっきまで、流れていた小川は、これもいつの間《ま》にか、小さい白い道に変っている。

毬子は、はだしのまま、その白い道を走ると、

『まァり子ちゃん！』

と、岩の上から、お琴《こと》の声。

その声のする方《ほう》へ、毬子は手をあげて、

『お琴ちゃん、いまゆくわ！』

と叫《さけ》んで、走ると、その岩の近くまで、出て行《ゆ》けた。

『毬ちゃん、ここだよォ。』

と、お才小母《おば》さんの姿も、岩の上に現れた。

早くおいでと、お琴ちゃんが手招《てまね》きする。

毬子も、一刻も早く、その岩の上へと走り出すと、どこからか、『ヒヒヒヒ。』と獣《けもの》の笑うような声が聞えて、黒いきものを、頭からすっぽりかぶった、男が現れ、いきなり毬子の肩をうしろから捕《と》らえる。

『離して！』

と、もがいて、振り返ると、黒いきものの男が、ニヤリと笑って顔を出した。

あっ、恐《おそ》ろしい、その顔は、藤波《ふじなみ》という小父《おじ》さんだった。

つかまったら大変と、ころがるように、その恐《おそ》ろしい手をのがれて、走ると、その足の下は、幾千米《いくせんメートル》の深い谷――落ちたら、とても助《たすか》りそうもない。もう向こうの岩は、眼の前だのに、その谷間を越えねば、渡れない。

『お琴ちゃん！』

毬子は、ただ空《むな》しく向こうの岩へ声をかけて、泣きもだえた――手も足もしびれたようで、かっかっと火のように熱くほてる――咽喉《のど》が渇《かわ》いて、もう声も出ない――

そうして、苦しんでいる毬子の耳許《みみもと》に、

『どうしたの、この子夢見て、うなされているわ。』

と言う声がした。

その声で、はっと眼が醒《さ》めた毬子は、全身汗でびっしょりだった。頭が痛くて、胸が苦しい――

『手毬《てんまり》ちゃん、どうしたの――』

覗《のぞ》き込んだのは、千代丸だった。

あっ、さっきのは皆夢の出来事だった――と毬子は、又《また》涙が出た。

昨夜、道ばたで、親子丼《おやこどんぶり》一座のひとに救われて、毬子はこの旅人宿《りょじんやど》の一室に、千代丸と一緒にひと夜眠った。その暁《あかつき》に、エルザさまと、お才小母《おば》さんと、懐《なつ》かしいお琴の夢を見て、いま、お琴ならぬ千代丸に呼びさまされたのだった。

――さすらう児《こ》の、旅を浮寝《うきね》の夢のはかなさよ……

毬子は、お蒲団《ふとん》の上に、起き出して、

『お早うございます。』

と、礼儀正しくお辞儀《じぎ》をした。

丹前《たんぜん》姿の喜楽亭さんが、ニコニコ笑って、

『行儀《ぎょうぎ》のいい子だね、お利口《りこう》だね、ひとつ、これから少女漫才の舞《ぶ》台稽古《たいげいこ》を仕込んであげよう、そして、東京へ行《い》って、そのお才小母《おば》さんたちに会えれば仕合《しあわ》せだしね。』

と言った。

外は雨だった。しとしとと降っている——東京が雪の

時《とき》、暖かい東海のほとりは、
雨らしかった。

都の雪に、毬子を忍ぶお琴――あわれ、旅寝の空の雨に、お琴を慕《した》う毬子――ふたりの又相会《またあい》う道は、いずくに！

芸なし猿

『さあ、これから桜の花の咲く頃までに、東京へ出られるように、旅をして、途中稼《かせ》いで行《ゆ》かなくては――手毬《てんまり》ちゃんも、そろそろ舞台に出られるように、何か芸を仕込《しこ》まなくてはいけないが、さて――手毬《てんまり》ちゃんは何が出来るかな、踊《おどり》かなんぞ習ったことはないのかね、小さい時《とき》――』

と、喜楽亭《きらくてい》さんは、これから又《また》旅に出る前、毬子に芸を仕込《しこ》もうとして、もし毬子が何か芸の下地を持っていたらいいがと――問うのだった。

『踊《おどり》――私少しも習いませんでした。』

毬子《まりこ》が、困った顔で答えた。

『そりゃあ、そうやろ、無理もないわ、何しろ今まで、耶蘇教《ヤソきょう》の先生のところにおらはったんやもの、踊の稽古《けいこ》なんぞ、する筈《はず》はおまへんな。』

千代丸《ちよまる》のお母さんが言った。

『それも、そうやな、それでは歌は何か知ってんかね、こうと――そのなんぞ景気のええ歌をさ、手毬《てんまり》ちゃんは東京育《そだち》だ、銀座節《ぎんざぶし》っての知ってるだろ――』

銀座、銀座と、通う奴《やつ》は馬鹿《ばか》よ
帯の幅ほどある道を
セイラーズボンに引眉毛《ひきまゆげ》
イートン断髪《クロップ》、うれしいね

と、喜楽亭さんは、咽喉《のど》の奥まで見えるほど、大口を開《あ》けて、うたい出した。

毬子は、すっかり呆《あき》れて、ただ眼をパチクリさせるだけだった。

『どうだね、この歌、東京ではやりよったそうやが——知らんかね？』
と喜楽亭さんは問うのだった。
『いいえ、ちっとも知りませんでした。』
毬子は、まったく、そんな歌うたったことがなかった。
『そうかな、それじゃ島の娘やったら知ってるやろ——そら、こういうんやな。』

〽ハア島で育てば娘十六紅《べに》だすき
　咲いた仇花《あだばな》、波に流れて風だより

お父さんの喜楽亭さんがいい気持そうにうたうと、娘の千代丸さんも、浮かれ出して、

〽ハア島の灯《あかり》も消えて荒磯《ありそ》のあの千鳥
　泣いてくれるな、私や悲しい捨小舟《すておぶね》

と声を合わせ、はては、お母さんは三味線《しゃみせん》を壁から、おろしてペンペンと弾《ひ》き始めて、その賑《にぎ》や

かなこと……。
その中に、しょんぼりして、毬子は相変らず眼をパチクリさせるだけだった。
『どうや、この歌も知らんかいな――』
喜楽亭さんに言われて、毬子は肩身がせまげに、はずかしがって、
『それもうたえません――とても、むずかしくて……』
と、あんまり、自分が芸なし猿のようなので、小さくなってしまった。
『無理もないわ、こないな歌、学校では教えはらんやろうものなあ……』
小母《おば》さんが同情した。

『じゃあ、手毬《てんまり》ちゃん、あんた、なにうたえんね、ちっとは、何か歌知っとるだろに？』
千代丸が心配して、毬子の顔を覗《のぞ》き込んだ。
『私一番上手にうたえるの、讃美歌。』

毬子が答えた。

『えっ、讃美歌！　それ、あかんわ、そら、耶蘇《ヤソ》教《きょう》のお念仏やろ、そないなもの、舞台でうたえますかいな、あほらしい――』

喜楽亭さんが、がっかりした。

『耶蘇《やそ》の歌や、学校の唱歌じゃ、お客様笑わしまへん、みなしんみりしてしまうわ――』

小母《おば》さんも三味線《しゃみせん》を抱いて、眉をひそめた。

『手毬《てんまり》ちゃん、外《ほか》になんぞ、いい歌知らんかいな？　あんた利口《りこう》な人じゃもん。』

千代丸が、優《やさ》しく毬子の傍《そば》へよって、思い出させるように、肩に手をおいた。

『……風車《かざぐるま》の歌なら――うたえますわ、私小さい頃、ようたったから……』

毬子は、小さい声で、はずかしげに答えた。

『ホウ、風車《かざぐるま》の歌――そりゃ、洒落《しゃれ》てまっせ、おもしろそうや、さあうたって聞かして貰《もら》おか。』

喜楽亭が大よろこびで、言った。

そこで、毬子は一生懸命に、あの幼い日――赤いセルロイドの風車《かざぐるま》一つ持って、震災の日逃げた悲しい思出《おもいで》に胸打たれつつ――うたい出した。

あわれ、その童謡こそ――毬子が、あの日以来、別れて再《ふた》び相《あい》見る日なき、幻の母恋う歌とも言うべきだった……。

涼《すず》かぜ風の子
ふいてます

おうちの赤屋根
すべります

お庭の桐《きり》の木
つたいます。

みどりの窓かけ
ゆすります

こちらの窓から
おはいりよ

坊《ぼう》やの頬《ほっ》ぺた
きてなめろ――

『ほんに、かわゆい歌やのォ。』
千代丸も、お母さんも、毬子の一生懸命の歌声に、大いに感服《かんぷく》した。
だが――その歌が、舞台で、お客のお気に入るか、どうかは、甚《はなは》だ心もとなかった。

『そや、童謡いうて、幼稚園の鼻たらしのうたう歌じゃろ、それじゃ、第一、三味線《しゃみせん》の絃《いと》に乗りやせん――と言うて、オルガン舞台に持ち込んで、うとうたら、漫才一座は、まるで幼稚園じゃ、それも困ったものやさかい、どもならんわ。』

喜楽亭さんは、腕組して首をかしげて考え込んだ。

千代丸は、その芸なし猿の毬子を、可哀《かわい》そうがって、考え込んでいたが、やがて言い出した。

漫才落第生

『父さん、なにも、手毬《てんまり》ちゃんに、うたえの舞えのと無理言わんといて、それより、やっぱり少女漫才の地口《じぐち》やしゃれのお稽古《けいこ》して貰《もろ》うたら、いいやろ――そんなら、うち相手して、よう仕込《しこ》んであげるによって――』

千代丸《ちよまる》の、その言葉

に、はたと、喜楽亭《きらくてい》さんは膝《ひざ》を叩《たた》いて、

『それ、よかろ、この子は利発じゃもん、漫才のしゃれなら、頓智《とんち》があるさかい、うもう言ってのけよう、それが一番じゃ。』

『そうそう、千代丸と、姉妹《きょうだい》のように舞台に立って、面白おかしな事《こと》、言い合ったら、お客様お腹抱《かか》えまっせ——ほんまに。』

小母《おば》さんも、そこに大きな希望をかけているようだった。

そこで、千代丸は勇み立って、その旅人宿《りょじんやど》の、自分たちの部屋にある、火鉢の傍《そば》のお盆《ぼん》の茶碗《ちゃわん》を、大きいのと、小さいのと二つ持ち出して、ならべ、

『さあ、手毬《てんまり》ちゃん、今からうちが、あんたのお師匠《ししょう》さんや、よう習《なろ》うて貰《もら》いまっせ——漫才はな、この頃漫才言うて、大流行《おおはやり》よ、舞台に二人立って、おかしな洒落《しゃれ》を言い合って、お客様どっと笑わせるのや——今から、その稽古《けいこ》始《はじめ》よ、いいかいな、手毬《てんまり》ちゃん。』

と、言われて、毬子はお行儀《ぎょうぎ》よく膝《ひざ》を正し、エルザさまに、仏蘭西《フランス》語を教えて戴《いただ》いた時《とき》のように、

『はい。』

とお返事した。

『それ、いいかいな、手毬《てんまり》ちゃん、ここに茶碗《ちゃわん》があるやろ、「これなんかいな」と、うち問うたら、すぐ面白い洒落《しゃれ》で返事するのや、それいいか——これ、なんかいな?』

と、千代丸さんは、扇子《せんす》で前の茶碗《ちゃわん》を指《ゆび》さした。

毬子は、お教室で、先生にお答えするように、きちんとして、

『はい、それは、茶碗《ちゃわん》でございます。』

と、はっきり答えた。

『あかん、あかん。』

と、千代丸が、慌《あわ》てて手を振った。

『そんな、ほんとのこと言うちゃ、漫才にならんわ、これ茶碗《ちゃわん》いうこと、誰も知ってるさかい、そ

れを洒落《しゃれ》で言うて、笑わせるのや。』

そう言われて、毬子は、まったく何が何やらわからなくなった。

『あの、洒落《しゃれ》とは、何でございますか?』

と、大真面目《おおまじめ》で質問するのだった。

『あれ、困ったお嬢《じょう》ちゃんやの、洒落《しゃれ》言うたら、洒落《しゃれ》じゃになあ——そんなら、うち教えたげましょ、いいかな、こう言うのや、うちが、この茶碗扇《ちゃわんおうぎ》で指《さ》して「これ、なんかいな?」と言うたら、エヘンとすまして咳《せき》払いして、こう言うたらいい、「ハハア、チャワンと知っとるわ」——と、そいたら、お客さん笑いましょが……それが洒落《しゃれ》言うもんや。』

千代丸先生、なかなか少女漫才の教え方《かた》が、上手だった。

『ハイ、わかりました。』

と、毬子は、かたくなって、答えた。

『そんなら、次始《つぎはじ》めまっせ——いいかいな、それ、この茶碗《ちゃわん》大きいのと、小さいのと、これなんかいな? と問うたら、それ手毬《てんまり》さん、洒落《しゃれ》で返事するのや——』

そう言われると——さあ又《また》わからなくなった毬子は、まごまごした。

『わからんかいな——こう言えばいいに——「この大きいのは、お父チャワン、小さいのはお母チャ

ワンや――』と――そんなら、お客様笑い出すにきまってるになあ……』

千代丸のお師匠さんは、じれったがった。

だが毬子には、そんな漫才の洒落《しゃれ》のお稽古《けいこ》は、仏蘭西《フランス》語を習うより、ぐっとむずかしくて、まったく泣きたくなってしまった。

千代丸は、その二つの茶碗《ちゃわん》を引込《ひっこ》めると、今度は、代りに、その部屋に備《そな》えてある、いともお粗末な小さい鏡台を、部屋の真中に持ち出して来て、その上を、ポンポンと扇子《せんす》で叩《たた》き、

『それ、これで、何か洒落《しゃれ》考えてごらんよ、手毬《てんまり》ちゃん、これなん

かいな、チャワンと返事して貰《もら》おう。』

と問うた。

毬子は、まごまごして、

『それ、お化粧する時《とき》の鏡。』

と答えた。

『あかんあかん、そいじゃ笑えんわ、なんとか、外《ほか》におかしなこと言えんかいな。』

——毬子はやはり言えない。

『ああ、しんど——困ったお人じゃ、そんな時《とき》はな、不思議なものでも見るよな顔つきして「これ、なんじゃろか、千代丸はん、あんた教えてキョウダイ（頂戴《ちょうだい》）」と言うたら、お客さん、どっと笑うにな……』

と、じれったげだった——

毬子は、もう、その洒落《しゃれ》の出来ないのが、しみじみ悲しくなった。胸がいっぱいになった。そして、暫《しば》らくして——毬子は、いとも悲しげな泣声をもらして、

『私、洒落《しゃれ》言えません、もう許してキョウダイ……』

と、言うなり、ポロポロ涙が眼から溢《あふ》れて、こぼれ落ち、とうとうしくしく泣き出してしまった。

その様子を、さっきから黙って見ていた喜楽亭さんが、手を振って、

『千代丸、もういいわいいわ、この上、この子いじめて泣かせることない、洒落《しゃれ》出来んものは仕方《しかた》がないて、このお嬢《じょう》ちゃん、仏蘭西《フランス》の人のとこに育ったさかい、わしらと育ちが違うわ。』

『ほんに、可哀《かわい》そうに、無理にそないなこと教えるのも、むごい話じゃもん、もう、千代丸やめなはい、手毬《てんまり》ちゃんも、もう泣かんでいいわ、いやなことさせはせんからの。』

夫婦は、やさしく、毬子を慰《なぐさ》めると、千代丸も、すっかりしょげて、

『手毬《てんまり》ちゃん、泣かせて、かんにんしてキョウダイ……』

と、毬子の涙を拭《ふ》いてやるのだった。

それで千代丸先生が、苦心して教え込もうとした、少女漫才の教授も望《のぞみ》なく中止となった。

だが——さて、そうなると、この毬子はついに、舞台に立って、うたえず舞えず、漫才も出来ず
——となったら、どうして、この親子丼《おやこどんぶり》一座の一員に加わって旅が続けられようか——

そは、折角《せっかく》毬子を救わんとした、この一座の大問題であった。

ああ、毬子の行《ゆ》く手は、いかになすべきか？

喜楽亭夫婦は考え込んだ。

待たる文

深川の街のマリコ軒《けん》の前の通《とおり》に郵便配達夫さんの姿が見えると、お琴《こと》は店先へ駈《か》け出すようにして、待っていた。

（きっと、あの郵便屋さん、毬《まり》ちゃんの手紙持って来てくれるわ）

お琴は、この幾日《いくにち》も幾日《いくにち》も、待ちこがれている、名古屋の毬子《まりこ》からの返事を、早く受け取りたかった。

だのに、そのお琴の心も知らぬげに、郵便屋さんは、マリコ軒《けん》の店先へ、葉書《はがき》一枚投げずに、ぐん

ぐん橋の向こうへ行ってしまう。

お琴は泣きそうになった。ほんとに名古屋の藤波《ふじなみ》さんという有福《ゆうふく》なお家《うち》へ養女に貰《もら》われて行った、毬子はどうしたのかしら？　と、この頃、そればかり心配しているお琴だった。

『お母ちゃん、毬ちゃんから、手紙来てなかった？』

お琴は、学校から帰ると、きまり文句でこう、母のお才に問うのだったが、

『いいや、来なかったよ——』

いつも、そうだった。

学校へ行《い》っている間《あいだ》も、留守に毬子から手紙が来てるかと思うと、気が気じゃなく、それを楽しみに帰るお琴は毎日、母の返事でがっかりした。

家《うち》にいる間《あいだ》は、復習している間も、お店番の時《とき》でも、前の通《とおり》を郵便屋さんさえ通れば、待ち受けるのに、いつも素通りだった。

『お母ちゃん、毬ちゃんは、どうして、私の手紙に返事よこさないのかしら？　きっと、お金持のいい家《うち》へ貰《もら》われて、お嬢《じょう》さん気取《きどり》で、もう洋食屋の店番の娘なんかに、手紙かくの、はずかしいと思ってるのかしら？』

お琴は、ひがんでしまった。

『なあにをお言いかね、あの毬ちゃんに限って、そんなことはないよ、どんな立派なところへ貰《もら》われて、たとえお姫様になったたって、昔の私たちを忘れたり、今更《いまさら》、つきあうの、はずかしがるような子じゃないよ、あんなに優しい毬ちゃんだもの……きっと女学校の入学試験や何かで、なにしろ、馴《な》れない家《うち》で、養女になって始《はじ》めてお母さんやお父さんを持ったんだから――心がまだ落ちつかないんだよ、まあ、そのうちきっと返事が来るともさ。』

お才《さい》は、そう慰《なぐさ》め顔に言うのだった。そのお才も口で言うように、ほんとに、毬子のいい子なのを知っているから、けっして、娘のお琴の手紙を読んで、返事をいつまでもしないような子でないと信じていた。

『そうかしら、じゃ、やっぱり始《はじ》めてのお家《うち》へ行って、まごまごしちゃって、なかなか手紙が書けないのね。でもあのお父さんは可愛《かわい》がってくれるんでしょうね。』

お琴は、そんなことまで心配になって来た。

『そりゃ、お前大丈夫《だいじょうぶ》さ、なにを物好きで他家《よそ》の子を、名古屋からわざわざ貰《もら》いに来るもんかね。』

お才は、そう言って、娘のよけいな心配を慰めるのだった。

『私、毬ちゃんがいなくなって、とても寂《さび》しかったけど、今度あの幸《こう》ちゃんを家《うち》へ預かるようになったから、少しは紛《まぎ》れると思ったけど、毬ちゃんがいなくなってすぐ幸ちゃんを預かったりしたので、毬ちゃん、やきもち焼いたのかしら。』

ともかく、なにかと、お琴は毬子の気持を想像するのだった。

『ハハハハハなに言ってんだね、この子は――毬ちゃんが、やきもち焼くのなんのって、いい気なもんだね。』

お才は、面白がって笑い出した。

『だって、あんまり毬ちゃんが返事、よこさないから、つい、いろいろ邪推《じゃすい》するんじゃないの母ちゃん。』

笑われて、お琴はぷんぷんした。

『大丈夫《だいじょうぶ》だよ、明日の朝ぐらい、きっと毬ちゃんから、沢山《たくさん》書いた手紙が来るよ。』

お才にそう言われて、お琴もその気になったところへ、

『姉《ねえ》ちゃん、いつ帰ったの？』

と、幸吉《こうきち》が、お琴の姿を見て、店の奥から駈《か》け出して来た。

『あッ、幸ちゃん、今、学校から帰って来たとこよ。』

と、幸吉の頭を撫《な》でると、

『帰って来たのに、だまっていれば厭《いや》だい――』

お琴の通学服のセーターの袖《そで》を引っぱって、すねるのだった。

『御免《ごめん》よ、こんだ帰って来たら、すぐ幸ちゃんに只今《ただいま》言うわね。』

『小母《おば》ちゃんに言った後、幸ちゃんに言えばいいよ。』

幸ちゃんは、まるでお琴をほんとのお姉ちゃんのようにして、こんなに甘えるのだった。

『さあ、これから、幸ちゃんのお相手をして、それから晩は、お店のお手伝、おお忙《いそが》しい、忙《いそが》しい！』

と、お琴は、鞄《カバン》を持って、幸吉《こうきち》の手を引き、急いでパタパタと奥へ駈け込んだ。お陰《かげ》で、少しは毬子から、手紙の来ない心配も忘れたらしかった。

こは一大事

その翌朝、お琴は学校へ行くのを一分間でも遅《おく》らして、朝の郵便の来るのを待っていた。すると、いつも向こうの橋を通り過ぎてしまう郵便屋さんが、その朝だけは、つかつかと、マリコ軒《けん》に入って来た。

『万歳《ばんざい》、やっぱりお母さんの言った通り、きょう手紙が来たわ。』

と、躍《おど》り上らぬばかりに、まるで、リレーレースの選手が、バトンを受け取るみたいな恰好《かっこう》で、郵便屋の傍《そば》へ走り寄った。

郵便屋さんは封筒を一つお琴に渡して、さっさと行《ゆ》き過ぎた。

『ああ、うれし！　毬ちゃんが、たくさん、いろんなこと、書いてよこしたわ。』

と、お琴は大《おお》にこにこでその封筒を受け取って、封を切ろうとすると、その封筒の表に、付箋《ふせん》が貼ってある。

『あら、これなんだろう？』

吃驚《びっくり》して、その付箋《ふせん》をよくよく見ると、宛名人《あてなにん》見当らずと、朱書《しゅがき》がしてあって、名古屋の郵便局と印刷してあった。

それでは、あの藤波《ふじなみ》という人の住所は、でたらめだったのだろうか、毬子ちゃんは、一体、どこへ連れて行《ゆ》かれたのだろうと、考えるとお琴は、雷様《かみなりさま》が、頭の上へ、落ちて来たように、吃驚仰天《びっくりぎょうてん》して、

『母ちゃん！』

と、大声上げて、その付箋《ふせん》を貼られて空《むな》しく戻った自分の手紙を、鷲《わし》づかみにすると、奥へ駈《か》け込んだ。

今、市場の買出しから、帰って来たばかりで、長火鉢《ながひばち》の前で、ほっと一服していたお才は、あんま

りけたたましいお琴の叫声《さけびごえ》に眉《まゆ》を顰《しか》めて、

『なんだね、朝っぱらから、その騒《さわぎ》は――』

『だって、母ちゃん、大変だわよう、これ見てよ、やった手紙が帰って来ちゃったんだもん、毬ちゃんは名古屋にいないのだわよう、母ちゃんどうしよう。』

と、お琴は、何も彼《か》も、一緒くたに言って、その返って来た、付箋《ふせん》つきの手紙を、母の胸先《むなさき》に突きつけるのだった。

『そら、御覧《ごらん》、毬ちゃんから手紙が、ちゃんと来たじゃないかい、だからそう騒ぐことはなかったろう。』

と、文字をよく知らないお才は、娘の出した手紙も、毬子から来たのだと思い込んで平気だった。

『母ちゃんの馬鹿！　これ私が書いて出した手紙が、名古屋の郵便局から、宛名人《あてなにん》なしって付箋《ふせん》がついて、戻って来ちゃったんじゃないの。』

と、お琴が、のんきな母ちゃんを焦《じ》れったがると、お才は、始《はじ》めて吃驚《びっくり》して、

『あんりゃまあ、そりゃ、どうしたこったろうね、琴ちゃん、お前の字の書き方《かた》が間違っていたから、名古屋で届かなかったんじゃないかい？』

『うそよ、そんなことないわ、私の字ちゃんと書いてあるわ、毬ちゃんを連れてった藤波って人が、

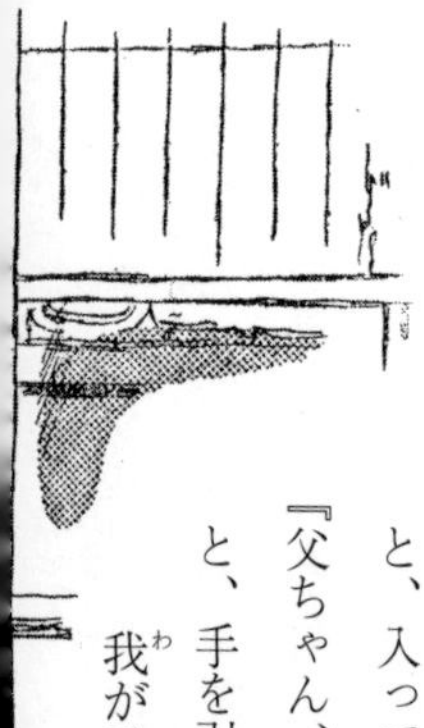

嘘《うそ》の番地書いてったんだわ、あの人嘘《うそ》つきなのよ、きっと毬ちゃんのこと、どこかへ連れてっちゃったんだ、ねえ母ちゃん、どうしましょう、どうしましょう。』

お琴は、母の肩につかまって、揺《ゆす》ぶりながら、泣声を立てた。

『さあ、どうしたら、いいだろうね。』

お才も、これは大変とばかりに、顔色を変えた。

その母と娘の大騒《おおさわぎ》の様子を傍《そば》で、見ていた預かりっ子の幸吉《こうきち》は、

『小母《おば》ちゃんも、姉ちゃんも、どうしたのよゥ。』

と、子供心にも親身になって、心配そうに二人の顔をのぞき込むのだった。

ところへ、店口《みせぐち》の戸が、ガラガラと開いて、幸ちゃんのお父さん、お馴染《なじみ》の円タクの運転手の、柿島正吉《かきしままさきち》さんが、口から、はあはあと、朝寒《あさざむ》の息を白く吐《は》きながら、

『おお寒い、寒い！』

と、入って来た。その姿を見ると、幸吉は駈《か》け出して行《い》って、

『父ちゃん、小母《おば》ちゃんと姉ちゃんが泣いてるから、早く来ておくれ。』

と、手を引っぱって、奥を指差した。

我《わ》が子に、そう言われて、正吉さんが、奥を見ると、一つの手紙を前に

置いて、お琴は、めそめそと泣き、お才は青い顔をして心配そうな様子だった。

『何です、どうしたんです、一体。何かあったんですか。』

と、尋《たず》ねると、途方に暮れていたお才もお琴も、いとも頼もしい相談相手が現れたように、代る代るに、市ヶ谷の異人館《いじんかん》で一緒にいた毬子という可愛《かわい》い女の子が、藤波という名古屋のお金持だという人に貰《もら》われて行《い》ったこと、そこへお琴が手紙を出すと、宛名人《あてなにん》なしの付箋《ふせん》つきで返されて来たこと、それで、二人で毬子の行方《ゆくえ》を案じて途方に暮れていたことを、長々と物語った。

『そりゃ、飛んだことだ、小さい女の子がどこへ連れて行《ゆ》かれたもんだか分からねえ、その名古屋の藤波という奴《やつ》が、とんだ食わせもので、何かインチキやりやがったんじゃあるまいか。』と、これも心配の仲間入《いり》をした。

『ほんとうに柿島さん、どうかして、毬ちゃんの行方《ゆくえ》を探してみることは出来ないもんだろうかねえ、私も、お琴の妹のようにして可愛《かわい》がっていた子供なんだし、巴里《パリー》へお帰りになったエルザさまにも、この儘《まま》じゃあ申訳《もうしわけ》ないからね。』

お才は、草を分けても、可哀《かわい》そうな毬子を探し出し、救わなければと、悲壮な表情をした。

『これは、お内儀《かみ》さん、やっぱり警察の方《ほう》へお願いして、名古屋で、その毬ちゃんという女の子の行方《ゆくえ》を探して貰《もら》いましょう、なんなら今日私が、警察の方《ほう》へ行《い》って、よく頼んで来ますよ。』

そう、頼もしげに言う柿島さんの言葉に、お才は救われたように、

『そうですねえ、そうして下《くだ》さい、柿島さんあんた行《い》って下《くだ》さいますか、どうかお願いします。』と、言う傍《そば》から、

『小父《おじ》さん、お願いします。』

と、お琴もぴょこんと、お辞儀《じぎ》をした。そして、お母さんと、自分だけだったら、どうしていいものやら、ただ、くるくる舞《まい》をするだけだったかも知れないところへ、この頼もしそうな小父《おじ》さん、幸ちゃんのお父さんが現れて、親切に、心配のお仲間入《いり》をしてくれ、自分から警察へ出頭して、毬ちゃんの行方《ゆくえ》を探して貰《もら》えるように手筈《てはず》を頼んでくれると言うので、ほんとに、嬉《うれ》しく有難《ありがた》く思えた。

小さき衣裳係

毬子《まりこ》は名も知らぬ小さい街の旅人宿《りょじんやど》、港屋《みなとや》の二階の黒い柱、煤《すす》けた障子《しょうじ》のお部屋で、親子丼《おやこどんぶり》一座の父親喜楽亭《きらくてい》さんと母親のお松さん、娘の千代《ちよ》ちゃんこと千代丸《ちよまる》の三人に救われて、芸を仕込《しこ》まれようとして、あたら失敗し、千代丸と喜楽亭夫婦を考え込ませてしまった。

『この嬢《いと》はんは、育ちが違うさかい、千代丸と同じようにはどの道ゆかれへん、それを、無理に叱《しか》って、芸を仕込《しこ》むは殺生《せっしょう》や。』

と、お松小母さんが言うと、

『ほんまに、何とかあんじょう（都合よく）して、この嬢《いと》はん、東京まで、なんぼ暇《ひま》どっても、連れていて上げたいもんや。』

喜楽亭さんも、そう言った。

『とうさん、どうぞそうしておくれ。』

千代丸も脇から、熱心にそう頼んだ。

『だんない（差支《さしつか》えない）袖《そで》すり合うも他生《たしょう》の縁《えん》やいうさかい、この子を、今更《いまさら》捨ててはゆかれやせん、連れてゆこ。』

『うち、この子と一つ御飯《ごはん》、二人で分けても、かめへん。』

千代丸は、毬子を離さずに連れてゆきたいと、深い同情を示した。かくて、毬子は親子丼《おやこどんぶり》一座のみなが心を合わせた親切から、たとえ、芸は出来なくとも、そのまま、捨ててゆかれる心配もなく、彼女は一座に、引き連れられて、鼓《つづみ》や三味線《しゃみせん》の包《つつみ》や、衣裳葛籠《いしょうつづら》と共《とも》に、港屋《みなとや》を離れて、バスに乗って隣の街に移った。

そこでは、街の小さな寄席《よせ》に、支那《しな》人の曲芸師や、旅廻《まわ》りの落語家や、浪花節《なにわぶし》語りと一緒に、親子丼《おやこどんぶり》一座も舞台に出て、漫才や、千代丸の手踊《ておどり》をするのだった。

だが、毬子は、その舞台に出る芸は持っていないので、夜宿屋《やどや》にぽっつり残されねばならぬのだが、千代丸は、

『うちら、みな出てしもて毬ちゃんひとりぽっちで、鼠《ねずみ》に引かれては、大変や、うちと一緒に楽屋へいこか。』

と言うと、お松が、

『寄席《よせ》の楽屋はみな、ふりが悪いで、こないなおとなしい嬢《いと》はんには気《き》の毒《どく》やが、ひとりでここに、淋《さび》しう留守しているよりは、ましかも知れへん。』

それで、毬子も一緒にその小さい田舎街の寄席《よせ》の楽屋について行《ゆ》くことになった。

芸人達は、寄席《よせ》の表口へは入らず、その横の汚《きたな》い露地《ろじ》へ駈《か》け込むようにして入るのだった。

楽屋と言っても、寄席《よせ》の舞台の裏を襖《ふすま》で仕切った一間《ひとま》で、茶色になった畳《たたみ》の上には、支那の曲芸師の小道具が置いてあり、煙管《きせる》で縁《ふち》のすりへった角火《かくひ》鉢《ばち》には、瀬戸《せと》引《ひき》薬罐《やかん》が、曲って掛けてある。

その前には、食べ散らした、うどんのかけの丼《どんぶり》や、おすしのお皿が散らかっていた。そ

して煙草《たばこ》のけむりが濛々《もうもう》としていた。

千代丸は、ここで衣裳の包《つつみ》から、舞台へ出る衣裳を出して、着替《きか》えるのだった。それを、母親のお松が手伝うと、見様《みよう》、見真似《みまね》で毬子も、帯の端《はし》を持ったり、素早く帯締《おびじめ》を出したり、それでも何か役に立ちたいと一生懸命で手伝うのだつた。

『毬ちゃんも、これで、うちの衣装係が勤まるわ。』

そう言って、千代丸は笑声を立てた。

そこへ、今舞台で一席唸《うな》って帰って来た、髪を長くして黒紋付《くろもんつき》を着た、浪花節《なにわぶし》語りの男が入って来て、千代丸の舞台姿の支度《したく》の出来たのを見ると、

『いよう、これは別嬪《べっぴん》さん、どうじゃ、わしと夫婦になって共稼《ともかせぎ》せんかね、大事にして、可愛《かわい》がってやるわ。』

と、白い扇子《せんす》で、ポンと千代丸の肩を叩《たた》いて、げらげら笑うと、千代丸は、舞台の漫才通りいきなり平手で、ぴしゃりと浪花節《なにわぶし》語りの頬《ほっ》ぺたを叩《たた》いて、

『なにを、阿呆《あほう》、好かんわ』

と、プンプン怒るのだった。

『さあさあ、お次は此方《こっち》の番じゃ。』

と、母親のお松は、三味線《しゃみせん》を抱《かか》えて、千代丸と一緒に舞台へ上ってゆく。その後《あと》を、毬子は、千代丸の脱いで行《い》った着物や帯を、きちんと畳《たた》んで、風呂敷《ふろしき》に包み、膝《ひざ》に手を置いて畏《かしこ》まっていた。

浪花節《なにわぶし》語りの男は、巻煙草《まきたばこ》を出した。胡坐《あぐら》をかき、火鉢《ひばち》の傍《そば》で、プウッと煙を吐《は》きながら毬子の顔をじろじろみて、

『おい、その子、お前は一体、何をやるんか、娘手品かね？』

と、無遠慮に訊《き》くと、

『いいえ、私、何にも致しません。』

と、毬子は、きちんと返事をした。

『へえ、何にもしないで、米の飯食うちゃ罰《ばち》が当るぞ、どうだ、俺の弟子になって、浪花節《なにわぶし》、習わんか。』

浪花節《なにわぶし》語りは、そう言って、煙草《たばこ》のけむりを、毬子の顔に吐《は》きかけた。毬子は何と言っていいか分からないので、黙ってうつむいていた。

そこへ、どやどやと支那の曲芸師が三人ほど、何やら支那の言葉でしゃべりながら、楽屋へ入って来た。すると、浪花節《なにわぶし》語りは巻煙草《まきたばこ》をぽんと火鉢《ひばち》の中へ捨てて、無作法《ぶさほう》に立ち上がり、

『どうも、こいつらが来ると、大蒜《にんにく》臭くてたまらんわ、外へ行《い》って、一杯ひっかけて来ようか。』

と、足音荒く、楽屋を出掛けて行《い》った。

今入って来た支那人の曲芸師は、二人が大人の男で、一人は支那人の男の子だった。

その男の子は毬子よりも一つ下位《ぐらい》の年で、顔色の蒼白《あおじろ》い、眼の黒々と大きい、美しい支那の少年だった。

その男の子は、日本の言葉が出来るらしく、毬子を見ると優しく笑って、

『アナタ、コンバンハ。』

と、毬子の前に行儀《ぎょうぎ》よくお辞儀《じぎ》した。

毬子は、吃驚《びっくり》したが、『今晩は。』とお辞儀《じぎ》して、微笑《ほほえ》み返した。

二人の大人の支那人は曲芸に使う大きな皿だの、樽《たる》だの、見るも恐《おそろ》しい青龍刀《せいりゅうとう》だのを道具箱から、取り出して、男の子に持たせた。その男の

子が、あまり重いものを小さな腕に持ったので誤って、その奇術用のお皿の一つを畳《たたみ》にとり落した。お皿は車の輪の＊ようにくるくると廻《まわ》って、火鉢《ひばち》の方《ほう》に転《ころ》がった。

はっと思って毬子があわてて、それを止めようとしたが間《ま》に合わず、お皿は火鉢《ひばち》の角にぶつかって、縁《ふち》が、ほんの少し欠けた。

すると、仁王様《におうさま》のように恐《おそろ》しい顔をして一人の支那人の男が、何か支那語で罵《ののし》る声を上げて、いきなり男の子を足でぽんと蹴《け》りつけた。男の子は、どっと倒れて、毬子の肩に、ぶつかった。

毬子は、その支那人の男の子を抱き止めると、大人の支那人の方《ほう》をきっと、睨《にら》んで、

『小さい子をいじめるものではありません。大人が子供をいじめると神様がお怒りになります、エルザさまがそうおっしゃりました。』

支那人は吃驚《びっくり》したように、眼をみはって、

『アナタ、タイソウ生意気アルネ。』

と、にやにやして流石《さすが》に二度と男の子を蹴《け》ることを止めた。

その支那の男の子は、毬子の傍《そば》でシクシクと可哀《かわい》そうに泣いていた。毬子は優しくその背を撫《な》でて、

弟に言い聞かすように、

『あなた、男の子なんですもの、強くなって、泣くんじゃないわ、神様は、小さい子を誰でもお守り下《くだ》さるのよ。』

と、言うと、男の子は、涙に濡《ぬ》れた眼を上げて、

『カミサマ？　アタシソノ人知ラナイ。』

と言うのだった。

『神様は眼に見えないのよ、でも天にいらっしゃるの、そして私たちをいつでも守って下《くだ》さるのよ。』

その毬子の言葉に、男の子の眼は、涙の中に希望を抱《いだ》いたように輝いた。

『アタクシ、ニホンノコウベデ生マレタノ、オ父サン、オ母サン、ミナ死ンダノ、アタクシ支那ヘカエレナイノ、ソシテ支那ノ人ノ曲芸ノコドモニ買ワレタノ、毎日アタマヲ叩《タタ》カレテ芸ヲオボエタノ、イジメラレテモ、ダレモ、アタクシヲタスケル人ナカッタ、カミサマ天ニイルコト、シラナカッタカラ。』

その男の子の言葉を聞くと、毬子は胸がいっぱいになった。

『大丈夫《だいじょうぶ》よ、お父様、お母様がいらっしゃらないでも、神様が代りに愛して下《くだ》さるのよ、私もあなたのように、お父様もお母様もないのよ……』

毬子が、そう言うと男の子は涙に光る眼を上げて、

『アタクシモアナタモ、カミサマノ子アルネ。』

『ええ、そうよ。』

毬子がそう答えた時《とき》、賑《にぎ》やかな太鼓《たいこ》の音がして、舞台から、喜楽亭夫婦と千代丸が下りて来た。

千代丸は、衣裳を着替《きか》えようとして、

『あら、まあ、手毬《てんまり》ちゃんが、こんなにうちのべべ、よう畳《たた》んどいてくれたわ。』

と、感心して、着物をさっさと着替《きか》え、

『とうさん、帰りに暖かいうどん奢《おご》っとくれ、外へ出たら寒いわ。』

と、はしゃいだ無邪気な声を張り上げた。

そして毬子を連れた一同が楽屋を出かかる時《とき》、今から舞台へ出てゆく支那人の男の子が、

『カミサマノ子、サヨナラ。』

と、別れを惜しむように声をかけた。

新しい外套

毬子《まりこ》と喜楽亭《きらくてい》親子三人は、その街の寄席を打上げると、すぐ又《また》次の街へ旅をつづけた。

其処《そこ》の劇場で一週間つづく娯楽週間というのへ出演するのだった。毬子は、もとより舞台へ立つ事《こと》は出来ないが、それにも関《かかわ》らず、喜楽亭さんも、お松小母《まつおば》さんも毬子を千代丸《ちよまる》同様に可愛《かわい》がってくれた。

千代丸はもう、すっかり新しい妹が一人出来たように、手毬《てんまり》ちゃん、手毬《てんまり》ちゃんと言って可愛《かわい》がった。そして楽屋で貰《もら》ったお鮨《すし》でもお菓子でもみんな手毬《てんまり》ちゃんと分けっこして食べるのだった。

『この子、この冬空に外套《がいとう》がのうてはさぞ寒かろ、ひとつ奮発《ふんぱつ》してやろか。』

と、喜楽亭さんが言うと、お松小母《おば》さんも、

『今度、此処《ここ》の給金貰《きゅうきんもろ》うたら買《こ》うてやりましょ。』

それを傍《そば》で聞いていた千代丸は、大喜びで、

『ああ、うれし、うち、さきからそう思うとった。買うならはよう買《こ》うてやってえな、父さん。』

と、急《せ》き立てた。

『まだ給金貰《もら》わんもの、どもならん。』

『そんなら前借《ぜんしゃく》しなはれ。』

と、お松小母《おば》さんが唱《とな》えた。

その翌日、喜楽亭さんは劇場主に頼んで、自分達の給金《きゅうきん》を半分だけ前借《まえがり》した。そして夜遅く宿へ帰ると、千代丸に向かって、

『明日、手毬《てんまり》ちゃん連れて町の洋服屋へいて、何なりと気に入った外套《がいとう》見たてたがええ。』

『これで見事《みごと》な外套《がいとう》買うて手毬《てんまり》ちゃんに着せて上げるわ、それに、下着も要《い》るわなあ……』

千代丸は嬉《うれ》しそうにして、その翌朝、いつものお寝坊《ねぼう》が、いそいそと早くから起き出して毬子を誘うと、町の小さな子供洋服店に行《い》った。

其処《そこ》で、ありったけ出して貰《もら》った中から、駱駝《らくだ》色《いろ》の外套《がいとう》を選んだ、如何《いか》にもそれが毬子によく似合うので、千代丸は、漫才の口調で番頭さんにかけあって、定価よりいくらか負けさせ、その分、毬子の白い下着類を買った。

『これで、ええ家《うち》のお嬢《じょう》さんそっくりや。』

毬子の肩を叩《たた》いて上機嫌《じょうきげん》で宿へ帰って来た。

『おおまあ、何処《どこ》の嬢《いと》はんかと思うたわ。』

と、お松小母《おば》さんもにこにこして、毬子の外套《がいとう》姿を見た。

その晩も、喜楽亭さん親子三人は席へ出かけて行《い》った。だが帰って来た時《とき》、喜楽亭さんは、とても顔色が悪かった。そして、ゴホンゴホンと咳《せき》をしてとても苦しげだった。

『父はん、早《はよ》う寝なはれ、風邪《かぜ》じゃ、風邪《かぜ》じゃ。』

と、お松小母《おば》さんと千代丸は大急ぎで床を取って喜楽亭さんを寝かせた。毬子も熱い葛湯《くずゆ》をつくるお手伝をしたりした。

だが喜楽亭さんの風邪《かぜ》は、お松小母《おば》さん達が、毬子を道の途中で救った頃からの風邪《かぜ》なので、それをこじらせて無理に舞台に出ていた為《ため》に、急性肺炎を起《おこ》しかけて、その翌朝は、お医者を迎《むか》えなければならなかった。

宿に呼ばれた医者は首を傾《かし》げて、

『これは早速《さっそく》入院させないと危険です。』
と、告げた。それを聞いたお松小母《おば》さんも千代丸も、思ったよりお父さんの病気の重いのにがっかりし途方に暮れた。
『うちら、どうしたらよかろ。父さん病気になったら、何のことはない、柱の倒れたようなもんや。』
お松小母《おば》さんは涙ぐんだ、千代丸も日頃《ひごろ》の朗《ほが》かさをすっかり失って、うちしおれ、

『でも、父さん早《はよ》う入院させんと、死んだらどうするの。』

と、泣声を出すのだった。

『そないに言うても、先立つものは金じゃ。入院すりゃ、一日なんぼと大金、掛《かか》るのじゃもの。』

お松小母《おば》さんは吐《と》息《いき》を洩《も》らした。

『そいならうちこれから行《い》ってお給金ののこり、前借《ぜんしゃく》してこう。』

と、千代丸は、宿の二階を駈《か》け降りるようにして出て行った。

小父《おじ》さんの病気

暫《しばら》くすると、千代丸《ちよまる》はうなだれて、しょんぼりとして宿の二階へ帰って来た。

『千代《ちよ》、どうしたんや？』

お松小母《まつおば》さんが心配げに問うと、

『あの劇場の旦那《だんな》、まるで鬼や！　母さん、うちがどないに泣いて頼んだかて、もう給金は半分貸してある、この上寝つかれてしまって舞台に出て貰《もら》えんけりゃ無駄や、そう言うて一文も貸してはくれへん、あの鬼め！』

と、悲しい報告を母にもたらしたのである。その傍《かたわら》で喜楽亭さんは高い熱にうなされて、うんうん言っている。その中に毬子《まりこ》はいて、自分が昨日外套《がいとう》なぞ買って貰《もら》わなかったら、まだしも喜楽亭さんの病気にいくらかのお金が残っていたのにと思うと、身を切られるように辛《つら》かった。

そう思うと毬子は、そっと立ち上って、壁にかけておいたあの外套《がいとう》をとり下《おろ》して、足音を忍ばせて宿の階段を下りた。そして、それをきちんと畳《たた》んで抱《かか》えると、一散《いっさん》にそれを買った町の洋服屋まで走って行った。

店には丁度《ちょうど》、昨日その外套《がいとう》を売った番頭さんがいた。

毬子は恥《は》ずかしいのを我慢して、その番頭さんの前に、ぴょこりとお辞儀《じぎ》をして、

『あの、済《す》みませんが、この外套《がいとう》、もう要《い》らなくなったんです。お返ししますから、代金を返して下さいね。』

と、おずおずと外套《がいとう》を差出すと、番頭は、売る時《とき》には、あんなににこにこしていたくせに、今はとってもきつい顔をして、

『そんな事《こと》は困りますね。店から一旦《いったん》お渡しした品は、どんな事《こと》があっても只《ただ》お返し願っちゃ店が立ち行《ゆ》きません。それも何ですな、この柄《がら》が気に食わんから、外《ほか》のと取り替えてくれとでも言うんだったら、又《また》物によっちゃあ、お取替してもいいですが、代金を返せは困りますな。そういう事《こと》は一切《いっさい》お断りする事《こと》になっているんですから悪《あ》しからず。』

と、けんもほろろの挨拶《あいさつ》だった。

毬子は、でも一生懸命で、

『ほんとうはこの外套《がいとう》、とっても気に入《い》ったんですけれど、今小父《おじ》さんが病気になって入院しなければいけないんです。それでお金が要《い》るんですから、どうぞ、特別に代金を返して下さいね。』

涙で一杯《いっぱい》になった眼を上げて番頭さんに頼むのだった。

『そんな泣言《なきごと》言われて一々《いちいち》売った品物返されていた日にゃ商売なりゆきません。始《はじめ》っから、要《い》らんものなら買わんがよろし。』

子供と侮《あなど》って、きつく言うのだった。

毬子はもう取り付く島《しま》もなく、しおしおと店をでた。といってこの儘《まま》宿へ外套《がいとう》を抱《かか》えて帰る勇気もなく、とぼとぼと、街を歩いてゆくと、その時《とき》、後《うしろ》から、

『もしもし、小さいお嬢《じょう》さん、どうなすったかね。』

と、男の声がした。毬子が涙の眼に振り返ると、其処《そこ》に二重廻《にじゅうまわし》を着た、顔がお盆《ぼん》のように丸くて大きい小父《おじ》さんが立っていた。毬子は、知らない人にふいに声を掛《か》けられたので、その儘《まま》行き過ぎようと

したが、その後から、又《また》も、

『お嬢《じょう》さん、お嬢《じょう》さん。』と、その男の人が追って来た。

『わしは何も怖《こわ》いものじゃないから、そう逃げんでもいいですよ。』

と、傍《そば》へ寄って来て、

『あんたが、先刻《さっき》あの店で外套《がいとう》返そうとして断られたのを私は可《か》哀相《わいそう》だと思って見ておったのだよ。折角《せっかく》小さい子が、一生懸命頼んでおるものを返してやりあいいのにと思ってな。』

毬子はそんなに言われると、俄《にわ》かに悲しくなって、しくしく泣き出した、すると太った小父《おじ》さんは、あわてて、

『泣かんでもよろし、泣かんでもよろし、よく話しなさい小父《おじ》さんに。あんたの家《うち》誰か病気で困っていなさるのじゃね。お母さんが病気かね？』

『いいえ、あの、喜楽亭の小父《おじ》さんが――』

『ほう、喜楽亭さんいうと、やはり芸人じゃな。』

『ええ、漫才する小父《おじ》さんです。』

『ふんふん、そうしてあんたはその漫才の子供かね？』

『いいえ、私はその人に助けられているんです。』

『ほう！　それは又《また》どうしたわけかね。』

丸い顔の小父《おじ》さんは、眼を丸くして尋《たず》ねた。

毬子は、そこで、仕方《しかた》なく、かいつまんで、喜楽亭さん親子と自分の関係を語った。

それを聞き終ると、太った小父《おじ》さんはとても感服した表情で、

『おうおう、なんと今どきの世間に珍しい芸人さんじゃ。しがない旅暮しの芸人さんが、そんな義俠心《ぎきょうしん》もって、あんたのような小さい娘、大切にしてやってると思うと、わしもひとごとと思えんね。実はな嬢《じょう》さん、このわしも実は、まあ旅歩きの芸人みたいなもんでな、こちの商売は、漫才とちとちごうて、見世物《みせもの》の香具師《やし》じゃ。町や村のお祭りに天幕張って、「さあ、いらはいいらはい、代は見てのお帰り――」というところだが、この頃は世の中万事《ばんじ》せち辛《がろ》うなって、代は入る時《とき》、忘れずに取る事《こと》にしているハハハハ。』

小父《おじ》さんは太鼓腹《たいこばら》を抱《かか》えて笑うのだつた。

毬子は呆気《あっけ》にとられて、その不思議な香具師《やし》の小父《おじ》さんを見詰《みつ》めた。

『それで、嬢《じょう》さん、今さしあたって、まとまったお金がなければ、あんたのその恩人の喜楽亭《きらくてい》さん病院へ入れんのじゃろ——そしたら病気が重うなってどうもなるまい——』

『ええ……』

毬子は涙に濡《ぬ》れた顔をうなずかせた。

『そんなら、いいことがあるがな、嬢さん、あんたがわしのところへ来てくれて、見世物《みせもの》に出さえすれば、いくらでもお金出してあげられるわ。実はな、この間《あいだ》まで、わしの小屋で働いて貰《もろ》うておった人魚の娘が、嫁に行《い》ってしもうたんでな、その代り欲し思うておったところや。あんたのような、小さい可愛《かわい》い女の子が人魚になったら、誰かてほんものと思うわ、わしもそれで商売繁昌助《しょうばいはんじょうたすか》る！』

『だって、小父《おじ》さん、私人魚じゃないの！』

毬子は呆《あき》れて答えた。

『ハハハハハ、人魚じゃのうて、あんたは人間じゃ、ちがいないちがいない、だが、それでいいのじゃ、どこの世界にほんとの人魚がいるものかね。ただ、あんたは人魚の真似《まね》すればいいのじゃ。ゴムで作った人魚のきもの着てな、硝子《ガラス》の箱の中の水に、その人魚のしっぽ垂《た》らして、可愛《かわい》い顔して、人魚の唄、うたえばいいのや。そしたら見物《けんぶつ》は、「あれが人魚か」とよろこんで木戸銭《きどせん》払ってくれるのや。見世物《みせもの》ちゅうものは、みんなそんなものやアハハハハ。』

小父《おじ》さんは、太鼓腹《たいこばら》に波打たせて笑うのである。

わかれ

喜楽亭《きらくてい》さんの病床の枕もとに、お松小母《まつおば》さんと千代丸《ちよまる》が、しょんぼりとうなだれているところへ、毬子《まりこ》が、妙な小父《おじ》さんを連れて帰って来た。

千代丸《ちよまる》はびっくりして、毬子を振り返り、

『まあ毬ちゃん、どこへ行《い》っていたの。うち、ちっとも知らなかったわ。』

と、言いながら、毬子の後に立っている丸いお盆《ぼん》の顔の小父《おじ》さんを、じろじろ見て、

『そのけったいいなひと、どうしたの？』

すると、そのけったいいな小父《おじ》さんは、二重廻《にじゅうまわし》を脱いで、にこにこしながら喜楽亭《きらくてい》さんの枕もとに無遠慮《ぶえんりょ》に近づき、

『あんたはんが、喜楽亭さん言やはりますか。』

と、関西弁らしい口調で、突然話しかけた。喜楽亭《きらくてい》さんがびっくりしていると、お松小母《まつおば》さんが傍《そば》から、

『あんたはん、なんぞ用ですか。』

『ええ、ちっとな――この小さい可愛《かわい》い娘さんが洋服屋でな、番頭さんに外套《がいとう》取ってくれ言うて断られとるのを見て、可哀相《かわいそう》や思うてあとつけて来て、あんたはんたちの話きましてな。そりゃお気《き》の毒《どく》なこっちゃ、こちも人助《ひとだす》けせいではなるまいと一緒についてきましたんや。』

『おおきに――』

お松小母《おば》さんはお辞儀《じぎ》した。

『あんたはんたちを助ける言うても、わしも似た商売の香具師《やし》やで、どないしても商売のことで助け合うよりほかどもならん。そこんところは、かんにんして貰《もら》うんや。』

『商売の上で助け合うというと、どないなことになりまっかな。』

喜楽亭さんが、苦しい息の下から、顔を持ち上げた。

『そりゃ、この可愛《かわい》い嬢《いと》はんや、この嬢《いと》はん人魚にして、ちっとの間《あいだ》、見世物《みせもの》に出すこと承知して貰《もら》えまへんか。そしたら百両位《くらい》出してあげられようと思うてな――』

すると、千代丸が、その小父《おじ》さんの肩をいきなり、ぴしゃりと叩《たた》いておこり声をあげた。

『うちら、どないに困っても、この子人魚に売られますか。人魚にされてしもうたら、もう片端《かたわ》や、毬ちゃん、この小父《おじ》さんに欺《だま》されて人魚にされて、どうするえ！　よう言わん、阿呆《あほう》やな。』

と、毬子と小父《おじ》さんと両方へぽんぽん怒り出した。

すると小父《おじ》さんは、にこにこして千代丸《ちよまる》に向かい、

『まあ、姉ちゃん、そう怒らんで、ひとの話も一通りきくものや。人魚にする言うたかて、なにも片端《かたわ》にするんと違う。ゴムの人魚の衣裳着せて硝子《ガラス》の箱の中に、ちっと辛抱して貰《もら》うだけや。なにもきついことはあれへん。』

『ほう、そんならよくあるイン

チキ見世物《みせもの》やなあ。』

喜楽亭さんが嘆《なげ》くような声を出してうめいた。

『近頃はインチキなことせんことにゃ、お客様が入りやせん。正直に見世物《みせもの》言うたかて何、見世物があるかいなハハハハハ。』

小父《おじ》さんは太鼓腹《たいこばら》を揺《ゆす》って笑った。

『私、この小父《おじ》さんに連れられて行《い》って、人魚になって働きますから、どうぞ遣《や》って下さい。』

毬子は喜楽亭さんとお松小母《おば》さんと千代丸と三人の方《ほう》に向かって言い出した。

『なに、言うの、手毬《てんまり》ちゃん、じゃああんたは、うちらと別れて、このけったいな小父《おじ》さんに連れて行《ゆ》かれて、小屋で見世物《みせもの》になるつもりなの。そんなこと、可哀相《かわいそう》で、うちら見ておられん。』

『でも私が人魚になって行《ゆ》けば、小父《おじ》さんが病院に入って病気治せるんですから、どうぞ私を人魚にして下さいね。千代丸《ちよまる》さん、そして小父《おじ》さんの病気早く治してあげて——』

と一心《いっしん》に頼んだ。

するとお松小母《おば》さんの眼が涙で一杯《いっぱい》になってしまい、

『なに言うんね、この子は、なんぼうちの父さんが病気や言うたかて、小さいお前、見世物《みせもの》に売ってそれで人間の面《つら》していられるかいな。』

と、涙に咽《むせ》んだ。

『毬ちゃん、わしはね、お前のことを娘の千代丸とおんなじに可愛《かわゆ》う思うていたのや。今更《いまさら》、それを手ばなして見世物《みせもの》小屋に出せると思うかいな、情《なさけ》ない……』

と、喜楽亭さんもゴホンゴホンと咳《せき》をしながら嘆《なげ》くのだった。

『手毬《てんまり》ちゃん、行《ゆ》けばいや、行っちゃいけないよ。あんたが人魚になるんやったら、この千代丸が、人魚になって売られてゆくわ。』

すると、小父《おじ》さんがにやにやして
『その姉ちゃんじゃ、ちっと大きすぎて困るわ。人魚は小さくて可愛《かわい》らしいのが、如何《いか》にも人魚らしゅうて、よう似合うんや。』

『世界一大きい人魚と言うたらええわ、この阿呆《あほう》。』

と、漫才の手振《てぶり》で大きな顔の小父《おじ》さんを、ぴしゃりと叩《たた》いた。

『よういわん!』

小父《おじ》さんは腹を揺《ゆす》って笑いながら、毬子の頭を撫《な》でて、

『この子が、もう承知しておるのや。それで百両出して手を打って貰《もら》いたいと思うが、どないなもんやろ、喜楽亭さん。』

『帰ってくれ、どないしてもこの子手ばなすの、可哀相《かわいそう》でならん、折角《せっかく》助けて、うちら子供同様に思うとるんや。』

『貸した百両、都合して持ってくれれば、いつでもこの子、傷一つつけんと返してあげるんや。ほんの一寸《ちょっと》の間《ま》や、貸してくれんか。』

『この子はなあ、異人さんの処《ところ》に育てられておったのを悪い奴《やつ》に欺《だま》されて芸妓屋《げいしゃや》に売られそこのうたのを、うちら助けたんで、東京の知り人《びと》にちゃあんと渡して上げるまでは、大事な大事な子や。』

お松小母《おば》さんは、涙声を張りあげた。

『そんなら、ええことがある。わしもいずれ、桜の咲く頃には、東京へ出て行《い》って、九段《くだん》で見世物《みせもの》小屋出すのや、その時《とき》、どないにもして、その知り人《びと》というの探し出して、この子返してやってもええ。又《また》その時《とき》は、話合《はなしあい》で、百両の残り返して貰《もら》えばなあ。』

『小父《おじ》さん、小母《おば》さん、千代丸《ちよまる》さん、どうぞ私を遣《や》って下さい。そして東京で、お琴《こと》ちゃんお才《さい》

小母《おば》さんを探しますから、今まで助けて頂いた御恩《ご》返しを毬子にさせて下さいね。』

毬子は、涙ぐんで又《また》も言い出した。

『ああ、そんなしおらしいこと言うて、わしは胸かきむしられるようじゃ。』

と、喜楽亭さんは身悶《みもだ》えした。

『ぐずぐずしておったら、いつまでも別れが辛《つら》いわ、毬ちゃん、さあ小父《おじ》さんと行《ゆ》こう。なにも辛《つら》いことはありはせん。喜楽亭《きらくてい》さんのように、わしも女房も、よう可愛《かわい》がって上げるで――』

と、毬子の手を引いて立ちかけながら、財布の中から、十円札を出して、一枚二枚三枚と数えて、

『さあ、此処《ここ》に百両、ちゃんと数えてある。これでゆっくり養生《ようじょう》してから、いつでも金持ってこの嬢《いと》はん迎《むか》えにきなはれ。わしは香具師《やし》の仲間うちには一寸《ちょっと》ばかり顔の知れた権野兵助《ごんのひょうすけ》じゃ。男に二《に》言《ごん》はない、預かった子は大切に育てて、立派に返すわ。わしを信用してくれ。』

すると、喜楽亭《きらくてい》は、いきなり、寝床《ねどこ》に、むっくと起き上り、両手を突いて、

『あんたはんが、音に聞えた権野《ごんの》の親分さんでござんすか、これはお初《はつ》でござんす。御挨拶《ごあいさつ》申しおくれましたが此方《こちら》は、喜楽亭春風《きらくていしゅんぷう》と申す、しがない旅稼《たびかせ》ぎの漫才風情《ふぜい》でござんす…』

と、芸人らしい仁義《じんぎ》を切った。

『ああ、もうそんな堅苦しいことはやめや、やめや、芸人は相身互《あいみたがい》、わしも大事な呼物《よびもの》の人魚の子

がのうて困っておったところ、この子貸して貰《もら》えれば大助《おおだすか》りじゃ。お前さんの方《ほう》も病院の費用が出来れば、それで五分五分じゃ、もう文句言わんと、この子連れて行《ゆ》くわ。仮《かり》にも権野が預かって行《ゆ》くからには、この子決して粗末《そまつ》にはせん。安心しておくれ。』

するとと喜楽亭《きらくてい》は、はっとかしこまって、

『親分さんに、わしらけちな芸人が逆《さか》えるもんじゃあございません。その子は確かにお預け致します。そして病気治れば、身を粉にして稼《かせ》いで親分さんの処《ところ》へ迎えにまいります。それまでその子は喜楽亭《きらくてい》の娘と思って、眼をかけてやって下され。』

と、はらはらと涙をこぼして平伏《へいふく》した。

香具師《やし》の親分として縄張《なわばり》の広い権野の親分ときくと、喜楽亭は、逆《さか》って毬子を渡さないというわけにはゆかない芸人の義理があるらしかった。

お松小母《まつおば》さんも千代丸《ちよまる》も、父親が権野の親分というのに、へいへいしているので、もはや異議も唱《とな》えられなかった。

『それじゃあ、皆さん、この子、大事にこれから連れて行《ゆ》きます。』

と、権野《ごんの》の親分に手を引かれて毬子は、そこを出て行《ゆ》こうとする。

『毬ちゃん、うちら、これから一生懸命で稼《かせ》いで、父さんが迎えに行《ゆ》くまで、体大事にして、きっ

と千代丸のこと忘れずに待っててね……』

と、千代丸は、毬子を抱《だ》きしめて、よよと泣きくずれた。

『千代丸さん、私、あなたや小父《おじ》さん小母《おば》さんのこと、決して一日も忘れないわ、体大事にして、又《また》おめにかかれるの、神様にお祈りして待っているわ、小父《おじ》さんの病気大事にして、早く、今日から病院に入れてあげて頂戴《ちょうだい》ね。』

と、千代丸の手を握った。お松小母《おば》さんは、おろおろして、

『手毬《てんまり》ちゃんや、すまないね、ああ、ほんとにすまない。助けるつもりのうちらが、小さいあんたに助けられて、ほんとにあたしは、面目《めんぼく》ない……』

と、泣き出す隙間《すきま》に、権野の親分は、毬子を抱《だ》くようにして、宿の段々を、とっとと降りて行《い》った。そして店先から、毬子の手を引いてさっさと歩き出す親分に引張《ひっぱ》られるようにして毬子がつづいて行くと、

『手毬《てんまり》ちゃん、手毬《てんまり》ちゃん。』

と、悲しげに呼ぶ声が上にしたので、見上げると、宿の二階に、又《また》千代丸とお松小母《おば》さんが、泣き濡《ぬ》れて、いつまでも毬子の姿を見送っているのだった。

『千代丸さん、小母《おば》さん。』

と、毬子も呼びながら、権野の親分に、引摺《ひきず》られるようにして、やがて町角に、その姿は見えなくなった。

マリコ軒異変

深川のマリコ軒《けん》は、コックから、店の経営から買出しまで、お才小母《さいおば》さんが、大車輪で、開業以来、働きづめだった。

小さい助手のお琴《こと》も学校へ行きながら手伝っていたが、その間《あいだ》お母さんの働きは大変だった。

そのお琴が、やっとこの三月末、高等二年を終ると、やれやれとほっとしてお才小母《おば》さんは気がゆるんだせいか、今迄《まで》の疲《つかれ》が、一度に出たように何だか体の工合が悪くなってしまったのである。始《はじめ》の中《うち》は、風邪《かぜ》をひいた位《くらい》に思って、振りだしの煎薬《せんやく》などを飲んでいたのが、なかなか癒《なお》らないばかりか、だんだん重くなって、お医者様にかかると、長い間の労働の疲《つかれ》で、腎臓を悪くしているとのことだった。

この儘《まま》、家にいて商売をしていては重くなるばかりだから、当分絶対安静にして、入院してしまう方《ほう》がよかろうとの、医者の勧《すすめ》であった。

お琴は、どうしたらいいかと、気も転倒するほどだった。

そこへ、預かって貰《もら》ってる息子の幸吉《こうきち》の顔を見がてら商売の円タクを止めて入って来たのは幸吉のお父さんの柿島《かきしま》の小父《おじ》さんだった。

『お母《つか》さんは、どうしたい？　少しはよくなったかい？』

と、店の奥を覗《のぞ》くようにすると、お琴は涙ぐんで、

『お医者さんに今日診《み》ていただいたら、風邪《かぜ》じゃなくって、腎臓《じんぞう》が悪いんですって、お母さんは、私を育てる為《ため》にあんまり苦労をしたからだわ。』

と、泣きそうな顔をするのだった。

『おおそうか、腎臓《じんぞう》が悪いんじゃ、大事にしなくっちゃな、とてもこの商売なんてやっていちゃ駄《だ》目《め》だね。』

『ええ、お医者さんも、もう働くことやめて、病院に入って安静にしていなくちゃいけないって、言うんですの、どうしたらいいでしょう私。』

と、お琴は今母に病《や》まれて、預かりっ児《こ》の幸吉のお父さんより外《ほか》に頼るところはなかった。

『琴ちゃん、心配することあないよ、幸吉をこんなに面倒見て貰《もら》ってたんだ。この家《うち》に困ったことがある時《とき》にゃ、俺だって、出来るだけ、世話をするからね、安心しておいで、そいじゃなんだ、俺は今からすぐお母《つか》さんを、車に乗せて、その病院に入院させに行こう。お医者さんともよく相談して来るからな、そいからなんだ、お母《つか》さんがいなくちゃ、この商売はどうせ出来ないんだから、まあ入院が一月《ひとつき》かかるか二月《ふたつき》かかるかそれによって、この家《うち》を片づけて、琴ちゃんは、俺達と一緒に、どっか二階がりでもして住むんだな。そして、そこから毎日、病院へ通うことにして、お母さんの看病をしてあげな、なあ、そういうことにしよう。』

と、親切にお琴を慰《なぐさ》め、励《はげ》ましてくれるのだった。

×　　×　　×

その翌日、マリコ軒《けん》の暖簾《のれん》は外《はず》され、家《うち》の者は、どっかへ引越して行った。

近所の人達の聞いたことには、女主人が病気で入院し、長びくらしいので、一まず店を閉店して、引越すのだということだった。

唄う人魚

東京の花は散って、葉桜《はざくら》の頃となった。その頃九段《くだん》の靖国神《やすくにじん》社《じゃ》のお祭で、境内には、沢山の見世物小屋が建てられるのだった。

その中には、曲馬団《サーカス》もあれば、八《や》幡《わた》の藪知《やぶし》らずだの、信州の山奥で捕った数百年を経た山椒魚《さんしょううお》だの、そう

かと思うと、鍋島《なべしま》の猫騒動の見世物《みせもの》など、夥《おびただ》しい小屋が、毒々しい絵看板を掲げて競って、客を木戸へ呼び込むのだった。

その中に（唄う人魚）という見世物《みせもの》があった。その表の絵看板には、青い海辺の岩の上に、美しい人魚が長い黒髪を、波に濡《ぬ》らしたまま垂《た》らして、お魚の形の体をくねらせ、その渚《なぎさ》の上には、お月様が描いてあり、青い月光を浴びて、人魚が物悲しい顔をしている絵が大きく出ていた。

小さい女の子や男の子達は、その絵看板を見上げながら、

『人魚ってほんとにいるのかなあ。』

『学校で、人魚いるって先生言ったかい。』

『だけどいるから見世物《みせもの》になっているんじゃないのかい？』

『人魚ってみんな女なんだね。』

『きっと男の人魚っていないんだよ。』

『入ってみようか。』

と、男の子が入ろうとすると、女の子達の間《あいだ》には、こんな会話をしているのがある。

『この看板みたいに綺麗《きれい》な人魚、ほんとにいたんでしょうか。』

『一体、どうやって捕えて来たんでしょう。』

『きっと、インチキなんじゃない？』

『でも面白いから入ってみましょうよ。』

『大人は十銭、子供は五銭、私たちまだ子供でしょうか。』

と、小さい制服の処女は、銀貨入をあけて考えている。

そんな風で、かなりその人魚の見物《けんぶつ》は多かった。

その見世物《みせもの》小屋へ入った人達は、そこで、ほんとに可愛《かわい》らしい人魚を見たのである。

見物人《けんぶつにん》の立つ土間の上に、一段高い舞台が造《つく》られ、背景には青い海の書割《かきわり》がある。時々《ときどき》外を吹く風が、小屋の中へ忍び込むと、布地《ぬのじ》にペンキでかいた、その書割《かきわり》が揺《ゆ》れて、海だの岩だのに皺《しわ》が寄るのである。まるで地震のように――

そして、その前には、かなり大きな四方硝子《ガラス》張《ばり》の箱が置かれ、中には水が湛《たた》えてある。そして動物園の膃肭臍《おっとせい》のいる場所のように、本物の石の岩が一つ置いてある。

その傍《かたわ》らに、銀色に光る人魚の鱗《うろこ》を身につけて、可愛《かわい》い女の子が、長い髪の毛を水に、半《なか》ば浸《ひた》したまま、うつろの眼をして、じっと見物《けんぶつ》の方《ほう》へ向いているのだった。

青白い顔、円《つぶ》らな瞳、赤い唇《くちびる》、顔は人間で体は魚体、硝子《ガラス》箱の中に、仕掛《しか》けてある電気の反射で水は青くエメラルドの色に光り、人魚の鱗《うろこ》は、物悲しく、潮から今上って来たように濡《ぬ》れて輝き、深夜の海の月光を浴びて、いま、何か悲しい物思《ものおもい》にとらわれているかのような美しい人魚の面影《おもかげ》だった。

人魚を説明する男が、燕尾《えんび》服《ふく》などを着て、その舞台の端《はし》に立ち、如何《いか》にも勿体《もったい》ぶった口調で、声を張り上げ、手に小さな鞭《むち》を持って、それをくるくる廻《まわ》しながら、

『これぞ正しく海の神秘、常人《じょうじん》のたやすく、見るを得ざる人魚の正体であります。人魚というものは今まで単に伝説に過ぎず、誰もその本体を見極《みきわ》めたものは、恐《おそ》らく諸君《しょくん》の中にもなかろうと信じます。しかしながら今や将《まさ》に、ここに入られた諸君《しょくん》だけに、このすぐれた素晴《すば》しい人魚の実体を、かくの如《ごと》く、間近《まぢか》く御覧《ごらん》に入れることが出来まするのは、我等《われら》一同光栄に存じ、感謝申し上げる次

第であります。諸君《しょくん》の中には（人魚なんて、べらぼうな物が、この近代の世に棲《す》んでいて堪《たま》るものか、そいつは多分蠟細工《ろうざいく》で作った人魚であろう）などと万一《まんいち》お疑いになる方《かた》もあられるかとも思います。しかしながら、このお眼に掛《か》けます人魚は、決してかかる出鮭目《でたらめ》のものではないのであります。この人魚は確かに生きております。只《ただ》、人魚の性質として、常《つね》に幾千尋《いくちひろ》の海底に深く身を隠して棲《せい》息《そく》致しておるものでありますから、この人魚を皆様と同じ空気に曝《さら》すならば、忽《たちま》ちに死んでしまうのであります。それ故《ゆえ》に我が興《こう》行部《ぎょうぶ》に於《おい》ては非常なる苦心のもとに、この人魚を御覧《ごらん》の通り、斯《か》く

の如《ごと》き四方厚い硝子《ガラス》張《ばり》の中に入《い》れ、海水と同じ温度と圧力を与え、潮を含んだ水を常《つね》にポンプに依《よ》って注《そそ》ぎ、そこに彼女人魚を棲《す》まわせて、兎《と》も角《かく》諸君にお眼に掛《か》けられるのであります。』

と長広舌《ちょうこうぜつ》をふるいながら、持った杖《つえ》で、人魚の入った箱の上を、コツコツと叩《たた》いて見せ、又《また》客の方《ほう》を向き直って、

『さて諸君《しょくん》、諸君《しょくん》が御覧《ごらん》になりますとこの人魚は如何《いか》にも若い女の顔を致しておりますが、これでもその道の生物学の大家《たいか》の御《ご》鑑定を仰《あお》ぎますと、少くとも数千年を経《へ》た人魚だとのことでございます。これぞ正《まさ》しく海底の神秘、不老不死の人魚と申すべきでありましょう。諸君《しょくん》の新しき知識のためにも、又《また》学術上の御《ご》参考のためにも、是非《ぜひ》とも御《ご》一覧あるべ

きものと信じます。』

と、声も涸《か》れるように、燕尾服《えんびふく》の説明役は叫《さけ》んで、それから又《また》、人魚の硝子《ガラス》箱に近づき、小さい鞭《むち》でコツコツと硝子《ガラス》を叩《たた》き、中を覗《のぞ》き込むようにして、

『諸君《しょくん》、この人魚が生きているという証拠に、歌を一つ諸君《しょくん》の前に唄って貰《もら》います。我々《われわれ》は非常なる苦心のもとに、この人魚に人間の言葉を以《もっ》て唄うように仕込んだのであります。ですが何と申しても、始《はじ》めて人語を知った人魚としては、難しい声楽などは、及びもつかぬことでございます。それで彼女は、小さいお子様の唄う童謡をやっと一つ二つ覚えて唄うのでございます。では一つ人魚に唄わせて御覧《ごらん》に入《い》れます。』

と、コツ、コツと合図をするように、硝子《ガラス》の箱の上を叩《たた》くと、今まで、じっとうつろの眼を向けていた人魚が、形のよい口を開《ひら》いて、少し悲しい声で唄う歌声が、硝子《ガラス》の箱ごしに、やや遠く聞こえてきた。それはほんとに童謡だった。

その人魚が赤い唇《くちびる》をひるがえすとき、その口を流れ出《い》ずる歌は——。

涼《すず》かぜ、風の子
ふいてます

お家《うち》の赤屋根
すべります
お庭の桐《きり》の木
つたいます

みどりの窓かけ
ゆすります

こちらの窓から
おはいりよ
坊《ぼう》やの頬《ほっ》ぺた
きてなめろ——

見ている見物は、始《はじめ》の中《うち》どよめいていたが、歌をきいている中《うち》に、しんと静まるのだった。

そして彼等はその小屋を出る時《とき》に、口々に、

『あの人魚ってほんものでしょうか。』

『そりゃ、学術上から言っても、あんなものがいる訳《わけ》はないんだから、作りものでしょうが、うまく作ったもんですね。』

『女の子でしょうね、可愛《かわい》い顔をしていたこと。』

『可哀《かわい》そうに、貧乏人の娘を十円か二十円で買って来て、あんな硝子《ガラス》箱の中へ一日中入《い》れて置くのでしょうね、やれやれ。』

などと、話しながら出て行くのであった。

深夜の小屋

夜が更《ふ》けて来た。さっき迄《まで》、九段の大鳥居《おおとりい》を中心に、人のざわめき、花火の音、見世物《みせもの》小屋のジンタ、物売《ものうり》の露店の呼声《よびごえ》、九段の上に不夜城《ふやじょう》を築いたと思われた靖国神社《やすくにじんじゃ》のお祭も、夜が更《ふ》けるに従って人足《ひとあし》もなくなり、境内《けいだい》の生花《いけばな》の陳列所も葦簾《よしず》でかこいをして、皆閉めてしまった。

そして辺《あたり》はひっそりとなった。

物売の露店は引上げ、荷は片づけられ、あちこちの見世物《みせもの》小屋の木戸口はしめられて、ハタハタと天幕《テント》を吹く夜の風が淋《さび》しく鳴り渡るのだった。

人魚の娘の見世物《みせもの》小屋の中も、ひっそりして、処々《ところどころ》摺《す》れて、黒びかりのする燕尾服《えんびふく》を脱いだ口上言いの男は、

『親方、今日は大したいりでしたね、一つ今夜は飲ませて戴《いただ》きたいもんだねヒヒヒ。』

と言うと、木戸を今締《し》めて入って来た権野《ごんの》の親分は、結城紬《ゆうきつむぎ》のような着物に角帯《かくおび》を締め、金時計の鎖をそれにからませて、お酒肥《ふと》りのしたようなお腹を揺《ゆす》りながら、

『ハハハ、貴様《きさま》に飲ませる前に、人魚の毬公《まりこう》に、玉子焼でもふるまってやらなくちゃなあ。』

と、言いながら、硝子《ガラス》箱の後《うしろ》の戸を開けて、

『さあ、水を落した落した。』

と、掛声をすると、舞台の下に入っていた人夫《にんぷ》がスイッチをひねる、すると、水はどっと下のトタン張《ばり》の大きな桶《おけ》の中に皆《みんな》、落ちてしまうのだった。

その水は、見物《けんぶつ》が見ると、とても沢山湛《たくさんたた》えてあるようだったが、ほんとは、硝子《ガラス》の上に、ほんの少し、入《い》れてあるだけで、電気の光で、とても深く見える仕掛《しかけ》だった。

そこへ、今日の木戸銭の上《あが》りを袋に入《い》れて、持って入ったのは、銀杏《いちょう》返しにゆい、黒繻子《くろじゅす》の襟《えり》のかかった着物の衣紋《えもん》をぬいて着た権野の親分のおかみさん。

『さあ、毬ちゃんのお召替《めしかえ》だ。』

と、言いながら、舞台裏へ入って、葛籠《つづら》を開けて、可愛《かわい》い花模様の友禅《ゆうぜん》の着物を、帯やお襦袢《じゅばん》と一緒に取り出しておいて、今親方に手を取られて、硝子《ガラス》箱から出て来た人魚の毬子を抱《だ》きあげ、舞台裏に入ると、そこの花蓙《はなござ》の上で、薄いゴム製の、鱗《うろこ》を描いた人魚の着ぐるみの、とめを外《はず》して、下へくるくると剥《む》くと、ぴったりしたコンビネーションだけの毬子《まりこ》の体が白く浮いた。

『おお、可哀《かわい》そうに、よく辛抱しやったな。さあ、これから、お湯《ぶう》に入ってあったまって、なんでもおいしいもの食べさしてあげる。そして小母《おば》ちゃんに抱《だ》っこされて寝るんだよ。いい子じゃ、いい子じゃ。』

と、幼い子供のように可愛《かわい》がって、着物を着《き》替《か》えさせていると、そこへ権＊

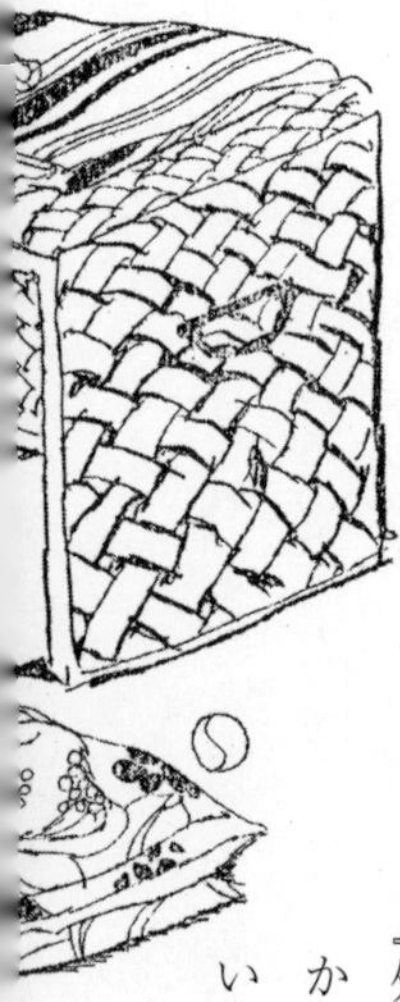

＊野の親分が出て来て、

『外《ほか》の奴等《やつら》にゃ、酒手《さかて》をはずんでやったから、俺達も、この子を連れて、うまいもの食べに出掛《でか》けよう。』

すると毬子が、可愛《かわい》い瞳をぱっちり

と上げて、
『小父《おじ》さん、小母《おば》さん、私、東京で御飯《ごはん》御馳《ごち》走《そう》になるんでしたら、深川の方《ほう》の洋食屋へ連れて行って下さい。きっとあの近くに、お琴《こと》ちゃんとお才小母《さいおば》さんは洋食屋をしているんです。もうせん、そう話していたんですもの。』
『ふん、そうか、しかしなあ、深川と言ってもそりゃ広いもんなんだぜ、虱《しらみ》つぶしに、そのお才小母《おば》さんのやっている店を探すとなるといつになって飯《めし》が食えるか分からん、まあ今夜は近い処《ところ》で、夜食をすましておくれ。この興行《こうぎょう》が終って、ここを打上《うちあげ》次第、俺がきっと乾児《こぶん》に言いつけて、深川の方《ほう》を探さしてやるからな、それまで待っていておくれ。』
と、毬子の顎《あご》を、一寸《ちょっと》手でしゃくった。

毬子もほんとうに、そう言えばこれから深川へ行って、一軒《けん》一軒《けん》、お才小母《おば》さんとお琴ちゃんが、している店を探すのは大変だと思ったので、権野の親分が、このお祭りが済《す》んでから、探してくれるというのを素直《すなお》に肯《うなず》いたのだった。

雨の日

九段のお祭の一日が雨だった。その日はさすがに入《い》りが少くて木戸番の男もくさっていた。

そのお昼頃、一人の紳士が、その人魚の絵看板を見ながら入って来た。

外にふる雨はテントを打って、雨洩《あまもり》のする程《ほど》で、中はじめじめしてうす冷たかった。

硝子《ガラス》箱の中に入っている人魚も今日は寂《さび》しそうな顔をしていた。

燕尾《えんび》服《ふく》の説明役は、そこに入って来た立派な紳士を見ると、少し吃驚《びっくり》したように例の口上を始めた。

『諸君《しょくん》が御覧《ごらん》になりますこの人魚は、生物学のその道の大家《たいか》の御《ご》鑑定を得ますと、少くとも数千年を経《へ》た人魚だとのことで――』

そこまで胴間声《どうまごえ》を張り上げた時《とき》、見物《けんぶつ》の紳士が、

『アハハハハハ。』

と、笑い出した。燕尾服《えんびふく》氏はさすがにてれてしまって、まごまごしたが、これではいけないと、小さい鞭《むち》で、コツコツと硝子《ガラス》を叩《たた》き、

『この人魚が生きているという証拠に、歌を一つ歌って貰《もら》います。我々は非常なる苦心のもとにこの人魚に歌うことを仕込《しこ》んだのでありますが、何と申しても始《はじ》めて人語を知った人魚のこととて、難しい声楽などは及びもつきません、一つ二つ、やっと小さいお子様の歌う童謡を覚えたのでございます、では一つ歌わせて御覧《ごらん》に入《い》れます。』

と、又《また》コツコツと合図に硝子《ガラス》箱の上を叩《たた》くと、中の人魚が、寂《さび》しい悲しい声で歌い出した。

涼《すず》かぜ、風の子
ふいてます
お家《うち》の赤屋根
すべります

お庭の桐《きり》の木
つたいます

みどりの窓かけ
ゆすります

その歌の半《なか》ばを聞くうちに、見物《けんぶつ》の紳士は顔色を変え、よろめくようにして、人魚の箱の前へ進みよって、

『毬子《まりこ》、毬子!』

と狂気のような声を出した。

説明役の燕尾服《えんびふく》氏は、その紳士の様子に驚いて棒立《ぼうだち》になった、そして幕の後《うしろ》に声をかけて、

『親方、変な奴《やつ》が来ましたぜ、一《ちょっ》

寸《と》、顔を出して下さい。』

大声でわめくと、権野《ごんの》の親分が、ぐいと幕から出て来た。

『なんだ。』

『あのお客が少し変なんですよ。』

『ふーん。』

と親方が、その紳士の方《ほう》を見ると、紳士は、

『この子は何処《どこ》の子です、この子の歌う歌に私は覚《おぼえ》がある。私がフランスへ行っている留守に私の

妻と子は行方不明《ゆくえふめい》になったのです。帰朝以来、どんなに探したか知れません。それで私は機会さえあれば、こうして小さい女の子の出ていそうな見世物《みせもの》でも何でも見て歩いて、我《わ》が子の面影《おもかげ》を探し求めて歩いていたのです。』

『へーえ、なるほど！』

一心《いっしん》に息をはずませて語る紳士の言葉にうなずきながら、権野の親分は言った。

『その上、この子は、僕の妻に面影《おもかげ》が似ている。歌う歌は、僕の妻が作曲した童謡なのです。妻がこの子に教えたのではないかと思うのです。この子について知っていることを、委《くわ》しく教えて下さい。』

言われて権野の親分は、

『なるほど、分かりました。何もわし達ァ後暗《うしろぐら》いことをして、たとえ貴方《あなた》のお子さんだろうが、何だろうが、酷《むご》い金儲《かねもうけ》をしているわけじゃありませんよ。この子に就《つ》いちゃ、こんないわれ因縁《いんねん》があるのです。』

と、言って説明役の燕尾服《えんびふく》に向かい、

『今日は、これで木戸をしめた、早く表をしめてくれ。』

と声高《こわだか》に命じた。

『それは大変御《ご》迷惑をかけるな。』

『いいや、どうせ今日はこんな雨降《あめふり》で客はろくにありゃしませんや。それにこの子のお父さんかも知れねえって人がおいでなすったんじゃ、もう硝子《ガラス》箱の中に入れて置くわけにも行きますまい。』

と、権野の親分はほろ苦く笑った。

やがて、木戸はしめられた。権野《ごんの》の親分は、まだおかみさんが、今日は小屋へ来ていないので、自分で毬子の着物を揃《そろ》え、硝子《ガラス》箱の中から毬子を抱《かか》え出して、奥へ連れてゆき、自分の娘のように着《き》替《かえ》をさせてやった。

『今の小父《おじ》さん、どなた？』

と毬子に問われて、権野は、

『毬ちゃん、お前、お父さんのこと覚えているかね。』

『私、お父様は知りません、生まれた時《とき》からお母様と二人っきりだったの。お母様はお仕事に毎日外へいらしったの。お父様は、遠くの外国へ行っていらっしゃるのだとお母様が仰《おっ》しゃったように、うろ覚えに覚えています。』

『そうか、だがそのお父さんが、フランスから、帰っていらしったら毬ちゃんどうするかね。』

するとと、毬子が、

『わッ。』と泣き出した。

『見世物《みせもの》の娘になったりした私を、お父様は可愛《かわい》がって下さるでしょうか。小父《おじ》さん、私心配だわ。』

涙のひまにとぎれた声を出した。

権野の親分は男ながらも胸がいっぱいになって来て、

『な、なあに、実の親子だもの、見世物《みせもの》になろうと、何になろうと、親子に変りはありゃしねえ、見世物《みせもの》になんぞなってりゃ、尚更《なおさら》、不憫《ふびん》が増すというもんだ。』

と、幕の外へ聞えよがしに言いながら、毬子の背を撫《な》でた。

『毬ちゃん、もしもほんとのお父《とっ》つぁんて人が名乗って来たら、その時《とき》はお父《とっ》つぁんのいい子になって上げるんだ、いいかい?』

と言って、幕の外へ出て来ると、そこに紳士が呆然《ぼうぜん》として立っていた。

『お前の名は毬子というんだね、そうだろう。』

と、毬子のお河童《かっぱ》を撫でて、その顔をじっと見入《みい》った。

『はい、毬子と申します、お母様が、そう呼んでいらっしゃいました。』

『あの、大地震《おおじしん》の時《とき》、お母さんにはぐれて、九段へお前は、赤い風車《かざぐるま》を持って一人で行ったんだね。

どうして、この小父《おじ》さんがこんなことを知っているのかと驚きながら、毬子は、

『え。』

と、うなずいた。

『そこで、エルザさんの処《ところ》に使われていたお才《さい》というコックさんに助けられて、それから市ヶ谷のエルザさんのお家に引き取られていたのに違《ちがい》はないかね。』

と言った。この紳士は、何でもくわしく知っているんで、毬子は吃驚《びっくり》して、ただ『ええ。』とうなずくだけだった。

『そして、エルザさんが巴里《パリー》へ帰るについて、藤波《ふじなみ》という名古屋の人に、お前は養女に貰《もら》われて行ったのだね。』

『え。』

毬子は涙ぐんで肯《うなず》いた。あの時《とき》の悲しかったことを思い出したかのように——

『ああ、そうか、ではやっぱりお前は毬子だ。私はお前のお父さんなんだよ、済《す》まなかった、済《す》まなかった。こんなになる迄《まで》捨てて置いて、許しておくれ。みんなお父さんが悪かったのだ。』

涙と一緒に、毬子を抱《だ》きしめて頬摺《ほおずり》するのだった。それを見ていた権野の親分のぐりぐりした眼にも涙が、浮かんだ。

そこへ、がさがさと幕を開いて親分のおかみさんが吃驚《びっくり》した顔を出して、

『あんた、どうしたんですか、いくら雨降《あめふり》だからって、今っから木戸をしめて——毬ちゃんが病気にでもなったんですか、この人はお医者さんですか。』

と、毬子を抱《だ》いている紳士を不思議そうに

みつめて言った。

『おい、とんまなことを吐《ぬ》かすな、この人は毬ちゃんのお父さんだ。今、ここで自分の子を見つけたってところだ。俺は涙がこぼれてならねえんだ。』
『まあ、ほんまに、どうしたこと！　うちを担《かつ》ぐんじゃまさかあるまいね。』
　おかみさんは夢かとばかり、きょとんとした。

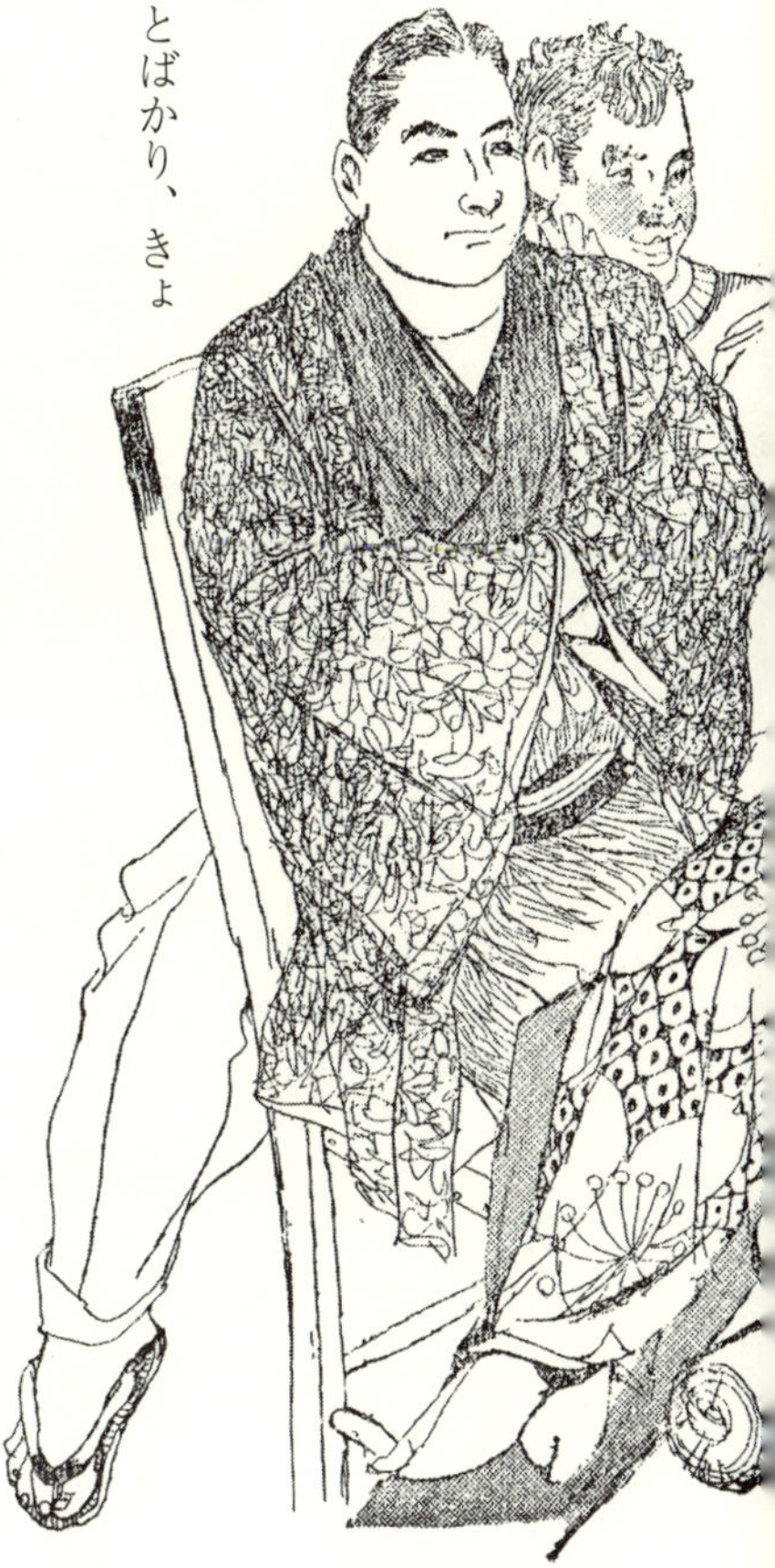

父の出現

　九段の近くのお料理屋の小座敷《こざしき》に、毬子《まりこ》と権野《ごんの》親分夫婦、それに紳士の四人がお料理の卓を囲んで話し合っていた。

『今お話ししたような、そんな訳《わけ》で、この子の母と私が正式に結婚することを、僕の父が、頑固《がんこ》でどうしても許してくれず、僕達の間《あいだ》を裂《さ》いてしまったのです。僕は自棄《やけ》を起《おこ》して、巴里《パリー》へ絵の修業に行ってしまいました。可哀《かわい》そうに、その後《あと》でこの子の母親は毬子を生んだのです。僕の妻になる筈《はず》だったこの毬子の母は、童謡の作曲などもして、この毬子の歌った風車の歌は、その中でも自分も特に好きでした。恐《おそ》らく自分の子に教えておいたものでしょう——』

『ああ、なるほど、そうでしたか、貴方《あなた》の奥さんは音楽家でいらしったんですね。それで毬ちゃんもあんなに声がいいんですね。』

とおかみさんは、襦袢《じゅばん》の袖《そで》で涙を拭《ふ》いた。

『僕と妻とは、やっとお互《たがい》に居所《いどころ》を知って音信を交わすようになり、毬子の誕生も知りました。すると間《ま》もなくあの大震災だったのです、本所《ほんじょ》の僕の父の邸《やしき》は焼け、父も死に家産《かさん》も失いました。送金も絶えて、帰りたくも帰る旅費さえなくなったのです。それにこの子の母からの便りも絶えて、日本の警視庁へ、しばしば照会《しょうかい》しましたが、あの震災後のこととて、とても分からず、とうとう行方不明《ゆくえふめい》の人間として扱われたのです。』

『この毬ちゃんのお母さんの、おみよりってものはなかったんですかねえ。』

と、おかみさんが尋《たず》ねた。

『そうです、この子の母親は、僕の家にいた執事《しつじ》の娘だったのです、両親を失い孤児《みなしご》になったのを僕の父が幼稚園の保母になる学校へ入《い》れてやりました。それに僕が父に内緒《ないしょ》で、その娘の好きだった音楽を習わせたのです。ですから僕以外に頼るものはなかったのです。可哀《かわい》そうな女でした。』

おかみさんは、

『まあ、それは……』

と、ほろほろと涙をこぼした。権野の親分は口を出して、

『さっき、毬ちゃんの言った通り、その藤波つて奴は、確かに悪い奴だったんですね。』

『そうです、僕は、名古屋へも行って、早速《さっそく》心当りを探しましたが、その悪い奴《やつ》は既《すで》に警察へ引かれた後でした。そして毬子が蒲郡《がまごおり》から行方《ゆくえ》不明《ふめい》になったことも分かったのでした、そいつは女の子を、そんな風にして幾人《いくにん》も誘拐《ゆうかい》したそうです。』

『お父様は、どうして、そんなによく、外国にいらしって毬子のこと御《ご》存じだったのですか。』

賢《かしこ》い眼をあげて、毬子が尋《たず》ねた。

『それは不思議な縁で、巴里《パリー》でお父様は、お前を助けて下《くだ》すったエルザさんに偶然会うことが出来たのだよ。』

『あのエルザさまに――』

毬子は飛び立つような思《おもい》だった。

『お父さんは巴里《パリー》で、長い間、苦労をしたお陰で、展覧会を開き、フランスの画商《がしょう》が高い価《あたい》でお父

さんの絵を買い取ってくれるようになったのだよ。そのお父さんが巴里《パリー》で開いた個人展覧会の出品画の中に震災直前、お前のお母さんが送ってよこしたお前の写真から、(日本の女の子)という題で肖像画を描《か》いて並べたのがあった。その展覧会を見に入って来たフランス人の中で、ある日一人の上品な婦人が、その絵の前で「おお、マリコサン」と、声を出したのだ。お父さんは吃驚《びっくり》してその女の人に、「どうしてこの女の子の名前を御《ご》存じなのですか」と尋《たず》ねたら、「私は日本でこの顔にそっくりの少女を、丁度《ちょうど》この位《くらい》小さい時《とき》から育てておりました」と言うのだ、それがエルザさんだった。エルザさんは日本から帰って間《ま》もなくで、日本が懐《なつ》かしく、わざわざ日本人の絵の展覧会といてお父さんの絵を見に立ち寄られたのだった。お父さんはエルザさんから一切《いっさい》の話をきき、お前を呼び迎《むか》えにすぐに日本へ立ち帰ったのだ。お母さんは震災で天国へ昇《のぼ》ったのだと諦《あきら》めているが、お前が生きている限りお前の父としてお前を連れて再び巴里《パリー》に帰るとエルザさんに約束した。エルザさんも巴里《パリー》でお前に会える日を、どんなにか喜んで待っていらっしゃるのだ。』

『まあ、エルザさまの処《ところ》へ、私行《ゆ》けるのね。』

と言いかけて、

『ああ、私、その前に、早くお琴《こと》ちゃんと、お才小母《さいおば》さんに会いたいわ。』

『そのお琴さんとお才さんにも、お前が名古屋で見つからなかったので、その人達に会えば或《あるい》は分かるかも知れんと、名古屋から帰るとすぐ訪ねて行った。深川中《じゅう》の洋食屋という洋食屋を尋《たず》ねたが分からんのだ。それから交番や警察にも行った。その内《うち》、ふと、今はやめたが、この間《あいだ》まで、マリコ軒《けん》という洋食屋があったときいて、もしやと思って、よくその行方《ゆくえ》を尋《たず》ねると、その女主人は病気で入院しているという。先日やっとその病院を探しあてて訪ねて行った。毬子の父だと言って話すと、お才さんもお琴ちゃんも涙をこぼして、お前に出した手紙が戻っては来るし、問合わせて貰《もら》っても、行方《ゆくえ》が知れぬと泣いて心配していてくれた。しかしもうこれから、すぐにも車でお才小母《おば》さんの病院へ行《ゆ》けるのだよ毬子。』

『まあ、嬉しい、私お父様にはお眼にかかれたし、琴ちゃんやお才小母《おば》さんにも会えるのね。みんなみんな神様のお陰《かげ》ですね。』

と、毬子は両手を胸に合わせてエルザさまに教えられた通り、お情《なさけ》ぶかい神様に心からお礼を申し上げた。

　毬子のお父さんは、権野の親分夫妻の前に両手を突いて、

『お聞きになった通り、この子は私の子に相違ございませんから、今日限り、父の手許《てもと》に引取りたいと思います。就《つ》きましては今迄《まで》、見世物小屋の娘として私などの想像したのとは大違い、実に情深く取り扱って戴《いただ》いたことは、お礼の申し上げようもありません。勝手ながらこの子の身《み》の代金《しろきん》と

して、これだけ差上げたいと思います。今持合《もちあわ》せはこれだけですが、御不足《ごヽ》の分は又《また》後刻お届け致しても宜《よろ》しゅうございます。』

紙入から百円札を三枚揃《そろ》えて親分の前に差出すと、権野《ごんの》の親分はその札束をぱっと払いのけるように押しやって、

『旦那《だんな》、御《ご》冗談でしょう、あんまり、私たちを見下げて貰《もら》いますまい。これでも権野の親分とか何とかちっとは人に立てられる身分、故《ゆえ》あって自分が使っていた可愛《かわい》い女の子が、思いがけず立派なお父さんが出来たと知っちゃあ、有金《ありがね》出しても、この子に立派な支度《したく》をさせて、お引取を願いたいくらいです、今更身《いまさらみ》の代金《しろきん》のなんのと欲しがるような、さもしい根性はござんせんよ。』

と、言う口から、おかみさんも言葉を添《そ》えて、

『あたしゃ、ほんとに毬ちゃんて子は大好きで、どうせ子供がないんだから、ゆくゆくは自分の子に貰《もら》っちまおうと思っていたくらいなんですから、ほんとのお父《とっ》つあんが出来て行ってしまうということになると、残り惜しい気こそすれ、身《み》の代金《しろきん》を欲しいのなんのという気にはなれません。これは戴《いただ》いたも同然、これで毬ちゃんの着物でも何でも作ってやって下さいよ。』

と、心から、真心あらわれて、ほろりとするのだった。

『何という心の綺麗《きれい》な方達《かた》です。久しぶりで日本へ帰って来て、私はしみじみ、こんな優しい人情

にふれました。何という日本はよい国でしょう……』

感極《かんきわ》まって、毬子のお父さんは、男の眼に涙をさえ浮かべるのだつた。

さらば日本!

それは麗《うらら》かな初夏の日だった。

今日横浜を解纜《かいらん》して神戸に立ち寄り、一路《いちろ》フランスのマルセーユに入港する日本郵船の巨船榛名丸《はるなまる》が出帆の日だった。その船でフランス画壇に名を売った藤堂雅一《とうどうまさいち》氏と、その父に伴《とも》なわれて巴里《パリー》へ赴《おもむ》く美しい令嬢毬子《れいじょうまりこ》が日本を離れる日でもあった。

乗船前、波止場《はとば》でその親子をとり囲んで、名残《なごり》を惜しむのは、既《すで》に病気の癒《なお》ったお才小母《さいおば》さんとお琴《こと》、それに権野《ごんの》の親分夫妻だった。

お琴は別れの涙をぽろぽろ溢《こぼ》しながら、

『毬子ちゃんもお父さんが出来たでしょう、私も出来たのよ。自動車の運転をする柿島《かきしま》って小父《おじ》さんが、お母さんと結婚することになったの、貴女も知ってる人よ、お正月に三人で観音様《かんのんさま》へ行く時《とき》に乗った円タクの運転手さんなの。あの時《とき》、あなたがチョコレート遣《や》った幸《こう》ちゃんて坊《ぼう》や、私の弟になるのよ。』
と、別れの悲しみの中にも、いくらか楽しげに朗《ほがら》かな声だった。
出帆《しゅっぱん》の銅鑼《どら》が甲板《かんぱん》に鳴り響いた。
それではと毬子の手を引いて、船のトラップを登りかけながら、藤堂氏は、
『お琴さん。』
と呼んだ、そして彼女の手に小さい紙包《かみづつみ》を渡して、小声で、
『これは、君のお母さんへの結婚のお祝《いわい》だ。

後で、渡してくれ給《たま》え。』
と、微笑むと、今度は、権野の親分夫妻の方《ほう》へ帽子を取って、
『近く巴里《パリー》に催《もよお》される世界博覧会には、僕とエルザさんが骨折りますから、一つ何か素晴《すば》しい日本の自慢になるような見世物《みせもの》を持って来て下さい。どんな尽力でも致しますから。』
と言った。

『旦那《だんな》、是非《ぜひ》、あっしも外国を股《また》にかけて歩きたいと思ってます。そん時《とき》はお願いしますぜ。』

と、権野の親分は自分の帽子を振った。

船はいよいよ出帆《しゅっぱん》となり、上から投げられる五色《しき》のテープは七夕様《たなばたさま》のように、あちこちに拡《ひろ》がり流れた。

船が静かに岸壁を離れて行く頃だった。

『毬子ちゃん、毬子ちゃん、手毬《てんまり》ちゃん！』

と、金切声《かなきりごえ》を上げて、無我夢中《むがむちゅう》で、人波を押しわけて現れたのは喜楽亭《きらくてい》夫婦と娘の千代《ちよ》丸《まる》だった。

甲板《かんぱん》から、その三つの姿を見出《みいだ》して、毬子はお琴から貰《もら》った花束を振り立てて、父に教えながら、

『千代丸《ちよまる》さん、小父《おじ》さん、小母《おば》さん、さようなら

ら！』

と、声を限りに呼びかけると、傍《かたわら》の藤堂氏も、娘の恩人の喜楽亭《きらくてい》夫婦とその娘に、心からの会釈《えしゃく》を交わすのだつた。

喜楽亭夫婦も千代丸もお才もお琴も、権野夫妻も、みんな涙でいっぱいになった眼を瞠《みは》って、かすむ船の影を見送るのだった。

やがて船は見えなくなった。

権野の親分は、

『さあ、喜楽亭《きらくてい》さんも、お才さん達も、これから、あっしが、ハマのチャン料理でも御《ご》案内しましょう。一つ一緒につっついて、我等《われら》の毬ちゃんの健康を祝《しゅく》そうじゃありませんか。』

と言って、先頭に立って歩き出した。

『千代丸《ちよまる》さんと言ったね。綺麗《きれい》になったね。これは毬ちゃんのお父さんがな、あんた達が間《ま》に合いそうもないんで、あっしにことづけて行ったんだよ、あんたの着物でも買いなさいってな。』
と白い封筒を渡して、そして喜楽亭《きらくてい》さんの肩を叩《たた》き、
『どうだね、巴里《パリー》の博覧会へ、一緒に押し出すことにしようぜ。

あっちじゃ、毬ちゃんのお父さんが張り切って待っててくれる筈《はず》だからね。』

『いや、そりゃ有難いですな。あっしも一つ、日本のかっぽれでも見せに行くかね。』と、喜楽亭さんが笑うと、権野のおかみさんが、思い出したらしく、

『喜楽亭さん、あんた達とよく一緒になるお仲間に支那人の曲芸師に使われている小さい男の子がいませんかね、毬ちゃんが、寄席《よせ》で、一緒に会ったんだそうですがね？』

『ああ、それなら李珍《りちん》さんのことよ、いつでも親方にいじめられて可哀《かわい》そうだわねえ。』千代丸《ちよまる》が思

い出して言った。

『毬ちゃんが、その子のことを、私の処《ところ》か、喜楽亭《きらくてい》さんの処《ところ》へ引取《ひきと》って、大事にしてやってくれと頼んで行ったんですよ。ほんとに優しい子だわねえ。』

『よろしい、そんなら、わっしの処《ところ》へ引き取って、大事にしてやりまほ。』喜楽亭さんが言った、
権野の親分は肯《うなず》いて、

『その時《とき》、もし相手の支那人が面倒だったら俺がいつでも出てやるから、一言知らせてくんなさいよ。』

それから一同は自動車に乗って、横浜の支那料理店へ赴《おもむ》くのだった。

×　　×　　×

その秋のことだった。既《すで》に新しい優しいお父さんを持ったお琴の処《ところ》へ毬子から手紙が来た。

それは、父を得て、共《とも》に巴里《パリー》へ行った毬子に、うれしいことには、新しい第二の母が出来たことだった。

その新しい母の名はエルザという！

毬　子（終《おわり》）

解説

「新しい」へと少女は歩く

黒瀬　珂瀾

こんにちは、読者の皆さま。少女小説の世界でお会いできたことをうれしく思います。『毬子』をお読みくださった方なら、当然、『暁の聖歌』をはじめとする今までのシリーズ四冊もお読みに違いありませんね。……まだお持ちでないという方、ぜひ書店までお走りを。

さて、少女毬子をめぐるこの物語、そのかみに多くの乙女たちの心を鷲掴《わしづか》みにした「少女小説」の本質を実によく表した作品と言えるでしょう。主人公は健気《けなげ》で素直な少女。悲しい出来事を背負いながらも、現在は何一つ不安のない幸せな生活を送っています。その生活の中で、主人公は親友である少女と細やかな友情・愛情を育《はぐく》みます。しかし、平穏な生活に日々の喜びを見出していたのも束の間、一転、主人公に急激な変化が訪れます。周囲の人々の愛を受けとめながら旅立った主人公に、予想もしない不幸と、今まで知ることもなかった悪意が襲いかかるのです。善意ある人々に助けられながらも、自分の無力を悲しむ主人公。しかし、人々との出会いを通して、自分にも出来ることがあるのを知った彼女は、勇気をふりしぼって行動を起します。そして最後には、大きくて優しい存在が彼女を包みこんでくれるのです。

もしかしたら読者の皆さまは、主人公毬子は無力なまま運命に流されているだけのように思われるかもしれません。確かに、数々の不幸の末に彼女を救い出す父親の登場が、あまりにも急で都合が良すぎるように見えます。物語の最後に突然登場して主人公を救う存在のことを、文学の用語でデウス・エクス・マキナ（ラテン語で「機械仕掛けの神」という意味です。都合良く助けてくれる便利な神様ということでしょうか）と言います。このような物語の終わり方にご都合主義という印象を抱く読者も多いことでしょう。しかし、もし毬子が自分の力だけで運命を切り開き、時代を生き抜くことになっていたらいかがでしょうか。大人にとっては感動的な物語かもしれませんが、少女たちにとっては、毬子があまりにも遠い存在に思えてしまうのではありませんか。

先に述べました「少女小説の本質」とはここにあるのです。『毬子』ほど波瀾万丈ではなくとも、すべての少女は現実という物語のなかで、自分が生きるということへの違和感や苦しみを感じています。物語を読み返してみましょう、最後に救われるまでに毬子は大変な勇気を出して現実に立ち向かっています。芸者の置屋から裸足で逃げ出し、まったく知りもせぬ芸人の世界に臨み、そして見せ物として身を粉にして働くのです。そこで毬子は自分に唯一与えられた歌声を頼りに現実へ挑み、その歌声が父を呼び寄せます。彼女は決してただ運命に流されていただけではありません。

少女とは大きな力を持ちえない存在でした。しかし、自分に出来ることだけでも精一杯に頑張れば、きっとそれが大きな希望をもたらしてくれる。少女たちはこの物語からそんなメッセージを読み取ったのではないでしょうか。英雄的な活躍からは程遠い毬子だからこそ、読者の少女たちは親近感を抱き、自分の苦しみをそこに重ねて、明日を生きる力と希望を受け取ったのではないでしょうか。そして、『毬子』に感動するのは当時の少女たちだけではありません。生きがたい心を抱いているのは、年齢・男女の区別なく、現在に生きる私たちも変わりないからです。

吉屋先生は人間としての女性の尊さを訴え続けてこられました。大正時代の少女雑誌について吉屋先生は手紙のなかで、「猥褻《わいせつ》さえ感じさせるほど男への媚《こび》を当然みたいに少女たちに強制している」と怒りをあらわにしておられます。当時、男性に従い、男性に守られ、家を預かり、子を育てることが女性にとっての美徳とされ、女性の自立などはまともに考えられませんでした。現在も女性というだけで不当な扱いを受けた方は多いでしょう。今よりもさらに女性の生き方が制限されていた時代にあって、吉屋先生は少女たちに自分らしい人生と明日への希望を伝えようとなさったのです。

さて、少女が無力であるということは、当時の社会の仕組みが、少女を狭い世界に閉じ込めるように出来ていたということです。ですから、その社会を観察することは、少女に声援を送るためには大切なことです。物語のきっかけとなる関東大震災は大正十二年に起こりました。東京は壊滅的な被害を受け、十万人近くの人が亡くなり、行方不明者も四万人を越えました。しかし、東京は復興するにつれ新しい、近代的な都市としての姿を見せるようになります。

大きくなっていく都市を象徴するものとして、『毬子』には柿島小父さんが運転するタクシーが登場します。少し変わったお話をしましょう。明治末期に登場したタクシーは、呼び出すか決められた乗車場に行くかしないと乗れない、今でいうハイヤーのようなものでした。大正十三年、大阪で一定区域内を一円均一で走るタクシーが生まれました。タクシー同士の競争が激しくなるにつれ、乗車場でお客を待つだけでなく、街頭に出てお客を拾うような営業方法が広まっていきます。この、現在と同じ様式の「流しタクシー」が生まれたことで、街中に一円均一タクシー、略して円タクの姿が目立つようになりました。

大正十四年末ころから東京にもタクシーが数多く走りだします。「東京市統計年表」などによるとこの年、東京市内の自動車台数は五千台強、そのうち営業用車は二千台強でした。毬子が十四歳を迎え、エルザさんの異人館を出た昭和八年には東京市内の自動車台数は約二万台、そのうち営業車は約一万二千台という数にまで増えています。ただし、これは前の年に東京市が大きく拡げられ、新たな地域も追加して統計調査の対象となったためです。それでも、旧市内での自動車の台数は約一万三千台、そのうち営業車は八千台弱……単純に同じ地域で考えると、八年ほどで営業車の台数は四倍にも増えていますね。ちなみにこの数字には乗合バスなども含まれていますので、タクシー台数は、さらに約二百台を引いたものとなります。

ついややこしい数字の話をしてしまいました。でも、毬子やお琴が生きていたこの時代に、どんどん都市が大きくなり、人の往来も激しくなり、車が走り回り、街角がその姿を目まぐるしく変えていた、ということはなんとなく分かってもらえたかと思います。街が変われば価値観、少女の環境にも変化が訪れるでしょう。

円タクの幸吉坊やとお琴が無邪気に自動車と西洋料理の名前を並べあうシーンがありました。シボレー、フォードにパッカード。ポトフにシチュー、ムニエール……当時の少女たちは立派に並んだこの不思議な片仮名たちを夢見る気持ちで追いかけたのかもしれません。それと同時に、浅草や靖国神社での縁日の賑わいもじつに活き活きとしていますね。移り変わっていく都市には新しいものと古いものが入り交じっていきました。そして、少女の環境にも新旧が生まれ出すでしょう。吉屋先生はそのどちらにも深い興味をもって描かれています。そのなかでも丹念に綴られているのは異人館の様子です。

エルザさんのお父さんは日の丸を掲げるほど日本を愛していたのですから、和風に生活していてもおかしくありません。例えばイギリス人のラフカディオ・ハーンやポルトガル人のモラエスといった、日本を愛した文学者たちは和風に暮らしました。でも、吉屋先生は西洋風の生活をお書きになりました。父の遺産のおかげとはいえ、女性でありながら一つの館の主人として、日本的な古い考えに縛られることなく自立した生活を送るエルザさんを描くためには、その光景が必要だったのです。一歩異人館に入ればそこはフランス。見せかけだけだったとしても、少女たちはエルザさんの立ち居振る舞いに将来の理想の自分の姿を、異人館で学ぶ毬子とお琴の姿に現在の理想の自分の姿を見たのでしょう。

それとは対照的に、何やら猥雑な、それでいて生命感がみなぎった光景を靖国神社での見せ物小屋のなかで眺めることができます。外の世界から遠ざけられた異人館の中とは違い、そこには何でも呑み込んでしまう街の一面が浮かび上がっているように思えます。人情に溢れた小屋の内側は、小さな日本だったのかもしれません。理想的な異人館に閉じこもるだけでは、少女たちが本当の希望を手にすることは出来ないのだということを吉屋先生はご存じだったのでしょう。

物語が大団円を迎えたあとも時代は流れてゆきます。毬子をはじめとする登場人物の皆さんはどのような人生を送ることとなったのでしょうか。ただただ、幸あれかし、と祈るばかりです。ともかく、戦争の影が近づくなかで、数年後には街を我が物顔に走り回っていた円タクも燃料制限などの理由により規制され、都市の輝きも曇り出します。吉屋先生も時局のために思う通りに執筆することが難しくなり、次第に俳句へと心を寄せていかれます。それは戦後も続けられ、お亡くなりになるまで先生は俳句に親しまれました。先生没後に纏められた『吉屋信子句集』（東京美術　昭和四九年）からいくつかを引きます。つらい時代を経ても、いつまでも少女の心を失わなかった先生のみずみずしい詩心を思いながら、今日のところはこれでお別れいたしましょう。

書き初めは恋の場面となりにけり
香水や闇の試写室誰やらん
百合活けて聖母の処女を疑がはず
青柳をくゞりて入りぬ資生堂
宿直の青年教師夕ざくら
地下鉄を出れば銀座の春の雪

（くろせ　からん・歌人）

刊行付記

・「毬子」は、『少女倶楽部』に昭和一一年一月号から、昭和一二年一二月号まで連載された作品です。初刊単行本は、大日本雄弁会講談社より昭和一二年に刊行されました。

・本書の底本は、初刊本を用い、初出およびポプラ社版（昭和二三年）を適宜参照いたしました。

・底本の旧字・旧かなづかいは、新字・新かなづかいに改めました。

・本書中に、人種・障害に関して、今日では人権擁護の立場から使用することが好ましくない用語が見られますが、著者がすでに故人であることや、作品の時代背景に鑑みてそのままとしました。

（ゆまに書房編集部）

毬《まり》子《こ》

吉屋信子少女小説選⑤

2004年4月30日　初版第一刷発行

著　者　吉屋信子《よしやのぶこ》
挿　絵　須藤《すどう》しげる

発行所　株式会社ゆまに書房
〒101-0047
東京都千代田区内神田2-7-6
電話　03（5296）0491（営業部）
03（5296）0492（編集部）
03（5296）0493

発行者　荒井秀夫

印刷
製本　第二整版印刷

ISBN4-8433-1062-X　C0393

落丁・乱丁本はお取替いたします。
定価はカバー・帯に表示してあります。